# アオハル100%《パーセント》

## バチバチ！はじける最強《さいきょう》ライバル!?

無月《むつき》 蒼《あお》・作
水玉子《みずたまこ》・絵



角川つばさ文庫

# もくじ

# キャラクター紹介《しょうかい》

**火花《ひばな》ほむら**

スケボーが趣味《しゅみ》の元気少女《げんきしょうじょ》。
人《ひと》から「**目立《めだ》つ**」と言《い》われがち
なのがコンプレックスだったけど、
最近《さいきん》は堂々《どうどう》とできるように！

**久留見《くるみ》ユウ**

たった1人《ひとり》の写真部員《しゃしんぶいん》。
教室《きょうしつ》ではほとんどしゃべらないけど、
ほむらと出会《であ》って**少《すこ》しずつ変化《へんか》が**…!?

**東條《とうじょう》 雷《らい》**

**ダンス動画《どうが》で有名《ゆうめい》で**
SNS《エスエヌエス》のフォロワーも多《おお》い。
小学校《しょうがっこう》からの、クルミくんの
「一番《いちばん》の親友《しんゆう》」。

**冬樹千鶴《ふゆきちづる》**

ほむらの**一番《いちばん》のなかよし**の
カッコいい女子《じょし》。ノリはいいけど
人《ひと》との距離感《きょりかん》が絶妙《ぜつみょう》で、
つきあいやすい。

**遠藤香鈴《えんどうかりん》**

ほむらたちのクラスメイト。
お母《かあ》さんの手伝《てつだ》いで
小《ちい》さな弟《おとうと》のめんどうをよくみている。
**真面目《まじめ》なしっかり者《もの》。**

**星野《ほしの》ハヤテ**

ほむらや千鶴《ちづる》とよく遊《あそ》ぶ男子《だんし》。
バスケ部所属《ぶしょぞく》のイケメンで、
ウワサ好《ず》きだけど、
**にくめないお調子者《ちょうしもの》。**

# #アオハルチャレンジ ＼って？／

「青春《せいしゅん》仕《し》掛《か》け人《にん》」さんが気《き》まぐれに出《だ》す「お題《だい》」にチャレンジして、動画《どうが》や写真《しゃしん》をSNS《エスエヌエス》にポストするの。
チャレンジャー同士《どうし》でコメントしあったり。
ただそれだけのことなんだけど、やってみたらわかるよ。

**すごく楽《たの》しいんだ！**

もちウサギの
SNSまめちしき
ついてるもち！

# 1 虹《にじ》を撮《と》りたくて！

**「あ、これ美味《おい》しそ～」**

わたしのスマホの画面《がめん》に映《うつ》っているのは。

こ～んがり焼《や》けた、おだんご。

真《ま》っ白《しろ》なおモチに、きつね色《いろ》の焦《こ》げめがついていて。

カリッとした歯《は》ざわりが想像《そうぞう》できる。

しかも大量《たいりょう》のあずきまで、かかってる♥

見《み》てるだけで口《くち》の中《なか》に甘《あま》さが、あずきのやわらかな感《かん》じが広《ひろ》がってくるよ。

ああ、食《た》べた――――い！　さっきお昼《ひる》ごはん食《た》べたばかりなのに～!!

そのとき、**グイッ**と肩《かた》をひっぱられた。

「わわっ!?」

「ほむら、ちゃんと前見《まえみ》て歩《ある》かないとぶつかるよ」

言《い》われて顔《かお》を上《あ》げると、目《め》の前《まえ》にせまる壁《かべ》！

ここは、わたしたちの通《かよ》う中学校《ちゅうがっこう》。

友《とも》だちの千鶴《ちづる》といっしょに廊下《ろうか》を歩《ある》いてたけど、歩《ある》きスマホしてたもんだからあぶなかった。


わたしの名前《なまえ》は、火花《ひばな》ほむら。

最近《さいきん》ＳＮＳ《エスエヌエス》にハマり中《ちゅう》の、中学《ちゅうがく》1年生《ねんせい》だよ！

「ありがと千鶴《ちづる》～」

「まったく、ほむらは目《め》が離《はな》せないなあ。まあ、そこがかわいいんだけど」

クスクス笑《わら》う千鶴《ちづる》は、そのしぐさがカッコよくて、ついドキッとしちゃう。

さすが「学校《がっこう》のNo.《ナンバー》1《ワン》イケメン女子《じょし》」って言《い》われてるだけあるよ。

「それで？　そんなに熱心《ねっしん》になにを見《み》てたの？　よだれたらしそーな顔《かお》してたけど」

「ふふ、これだよこれ！」

スマホに映《うつ》っていたのはＳＮＳで見《み》つけた、「古民家《こみんか》カフェにいってきました」ってポスト。

注目《ちゅうもく》なのは、おだんごだけじゃない！

料理《りょうり》のうしろに映《うつ》ってる店内《てんない》の様子《ようす》も、ドラマに出《で》てくるようなレトロな造《つく》り。

まるで100年前《ねんまえ》に、タイムスリップしたみたい！

「へー、おもしろそうな店《みせ》。今度《こんど》いっしょにいってみる？」

「うん！！ ……って言《い》いたいけど、ここちょっと遠《とお》いみたい」

「どれどれ？ あ、本当《ほんとう》だ」

お店《みせ》があるのはとなりの県《けん》で、気《き》がるに足《あし》を延《の》ばせる距離《きょり》じゃない。

でも千鶴《ちづる》は……。

「近《ちか》くではないけど、夏休《なつやす》み中《ちゅう》なら、いけないことないじゃん？」

ってサラッと言《い》った。

「おお――！ そうか！ ちょっとした旅行気分《りょこうきぶん》でいくのもいいよね、もうすぐ夏休《なつやす》みだし！」

言《い》いながら、わたしはワクワクしはじめる。

思《おも》いつきだから、本当《ほんとう》にいけるかはわからないけど。

けど、いきたいお店《みせ》を、マップにピン留《ど》めするだけでワクワクする！

「このお店《みせ》をポストしたのは高校生《こうこうせい》らしいんだよね。だからわたしたちも、いつかいけるかも？」

「かもね。たとえば、あたしいつかバイクの免許《めんきょ》を取《と》るつもりだし。そのときは、ほむらをうしろに乗《の》せてつれてってあげるよ」

「え――っ、本当《ほんとう》!?　千鶴大好《ちづるだいす》き！」

バイクに乗《の》る千鶴《ちづる》のすがたを頭《あたま》の中《なか》で思《おも》いうかべて、おもわず抱《だ》きつく。

ぜったい、カッコいいじゃん!!

うわあ――未来《みらい》が楽《たの》しみだなあ！

春《はる》に、はじめて中学《ちゅうがく》の制服《せいふく》に袖《そで》を通《とお》したときは、おとなになったって気《き》がしたけど。

わたしたちは、まだまだ成長途中《せいちょうとちゅう》。

いける場所《ばしょ》も、これからどんどん増《ふ》えていくんだ。

せっかくだからいろんな所《ところ》にいってみたいなあ。

そんなことを考《かんが》えながらスマホをしまい、今度《こんど》こそちゃんと前《まえ》を見《み》て歩《ある》いていく。

そして、わたり廊下《ろうか》にきたとき……。

「あれっ」

「ん、どうしたの？」

立《た》ち止《ど》まったわたしに、千鶴《ちづる》がきいてくる。

わたしが、なにげなく目《め》をむけたのは、校舎《こうしゃ》の上《うえ》。

さっき屋上《おくじょう》にちらっと、見知《みし》った人《ひと》が見《み》えたの。

「ごめん、千鶴《ちづる》、わたしちょっと用事思《ようじおも》いだした！」

「え？　ちょっとほむら！」

わたしは校舎《こうしゃ》の中《なか》に入《はい》って、屋上《おくじょう》へつづく階段《かいだん》を駆《か》けのぼっていく。

うちの学校《がっこう》は、屋上《おくじょう》に校庭《こうてい》があるから、立《た》ち入《い》りが自由《じゆう》。

とはいえ、さっきまで雨《あめ》が降《ふ》っていたから、きっと床《ゆか》がびしょ濡《ぬ》れのはず。

そんな日《ひ》にわざわざ、出《で》たがる人《ひと》がいるとは思《おも》えない。

けど、やってきた屋上《おくじょう》には——やっぱりいた！

「クルミくん！」

「あ、火花《ひばな》さん」

こっちを見《み》て名前《なまえ》を呼《よ》んできたのは、ちょっと小柄《こがら》でクセのある髪《かみ》をした男子《だんし》。

同《おな》じクラスの、久留見《くるみ》ユウくん。

わたしは、屋上《おくじょう》にできた水《みず》たまりをひょいひょいっと跳《と》んでよけながら、クルミくんに近《ちか》づいていく。

「こんなところで、なにしてるの？」

「ちょっと撮影《さつえい》をね。——どうしてもアレを撮《と》りたくて」

「アレ？　あ、虹《にじ》だっ！」

クルミくんが指《ゆび》さした空《そら》の先《さき》には、キレイな虹《にじ》ができてるじゃない。

雨上《あめあ》がりの空《そら》に、しっかりとしたアーチを描《えが》いてる。

こんなにハッキリとした虹《にじ》がかかるなんて、めずらしい！

「窓《まど》から外《そと》を見《み》たら、たまたま見《み》かけて。窓《まど》からだと虹全体《にじぜんたい》が見《み》えなかったけど、ここならいけるかなって思《おも》ってさ。ちょうどカメラを持《も》っててよかったよ」

「あはは、さすが写真部《しゃしんぶ》だね！」

クルミくんが肩《かた》から提《さ》げてるオレンジ色《いろ》のデジカメは、写真部《しゃしんぶ》のカメラ。

クルミくんは写真部《しゃしんぶ》ただ1人《ひとり》の部員《ぶいん》。

素敵《すてき》な写真《しゃしん》をたくさん撮《と》ってる人《ひと》なんだ。

そしてわたしは、ひょんなことから、クルミくんの撮《と》る写真《しゃしん》を見《み》せてもらって、それからずっと、クルミくんの大《だい》ファンなの。

さっき、わたり廊下《ろうか》から見《み》かけたとき、クルミくんがカメラを構《かま》えているように見《み》えたから、気《き》になってきちゃったんだ。

デジカメを見《み》せてもらうと、画面《がめん》には、虹《にじ》の写真《しゃしん》が、バッチリ写《うつ》っていた。

「これ、**#アオハルチャレンジ**　の　**#雨上《あめあ》がりの町《まち》の写真《しゃしん》を撮《と》る**　で上《あ》げようかと思《おも》って」

「すごい、ピッタリだよ！」

——#アオハルチャレンジ　っていうのは、ね。

SNSで流行《はや》ってる、青春《せいしゅん》を楽《たの》しむための遊《あそ》びのこと。

出題者《しゅつだいしゃ》が　#学校《がっこう》でなかよしツーショット　や　#ときめき壁《かべ》ドン　といったお題《だい》を出《だ》して、見《み》た人《ひと》はお題《だい》にそった写真《しゃしん》や動画《どうが》を　#アオハルチャレンジ　のハッシュタグをつけてポストするの。
#雨上《あめあ》がりの町《まち》の写真《しゃしん》を撮《と》る　は少《すこ》し前《まえ》に出《だ》されたお題《だい》だけど、アオハルチャレンジのお題《だい》に締《し》め切《き》りはないから、もちろんいつチャレンジしてもOK《オーケー》！
クルミくんはさっそく、虹《にじ》の写真《しゃしん》をポストする。

「……上《あ》げたよ」

両手《りょうて》でスマホを操作《そうさ》するクルミくんの顔《かお》は、とってもうれしそうだった。

クルミくんが、アオハルチャレンジをやってること、クラスの中《なか》では、わたししか知《し》らない。

クルミくんは、教室《きょうしつ》ではあまりしゃべらずに1人《ひとり》でいることが多《おお》い、いわゆる「ぼっち」キャラ。

もちウサギの SNSまめちしき

SNSに、文章《ぶんしょう》や写真《しゃしん》を投稿《とうこう》することを「ポストする」っていうもちよ。

もちウサギの SNSまめちしき

ハッシュタグっていうのは、SNSにポストするとき、見《み》る人《ひと》にわかりやすく知《し》らせるためのマークみたいなものもち。言葉《ことば》の前《まえ》に「#」を入《い》れるとタグになるもち。タグで検索《けんさく》すると、そのタグがついたポストを探《さが》せて便利《べんり》もち！

話《はな》してみると、楽《たの》しい人《ひと》なんだけどね。

クルミくんが「おおぜいの人《ひと》とワイワイさわぐのは苦手《にがて》」って言《い》うから、アオハルチャレンジをしてることも、クラスではヒミツ。

けど、わたしはそんなクルミくんのヒミツを知《し》ってるし——

そして、クルミくんも、わたしのヒミツを知《し》ってる。

「そういえば、火花《ひばな》さん？」

「ん、なーに？」

「アオハルチャレンジ、そろそろ新《あたら》しいお題《だい》、なにか出《だ》さないの？」

「あ……あはは、ソウダネー」

思《おも》わず、かわいた返事《へんじ》をする、わたし。

「お題《だい》を出《だ》す」って、なにを言《い》われてるのかっていうと……。

じつはこのアオハルチャレンジって遊《あそ》び……その仕掛《しか》け人《にん》は、わたしなんだよね。

わたしは『灯《ともしび》』って名前《なまえ》でアカウントを作《つく》ってるんだけど、それとはべつに『青春仕掛《せいしゅんしか》け人《にん》』って名前《なまえ》のアカウントも持《も》ってて。

この『青春仕掛《せいしゅんしか》け人《にん》』、つまりわたしが、アオハルチャ

もちウサギの SNSまめちしき

SNSを使《つか》うには、まずは会員登録《かいいんとうろく》するもち。これを「アカウントを作《つく》る」っていうんだもち。でも、ほとんどのSNSは「アカウントを作《つく》れるのは13歳以上《さいいじょう》」ってルールなんだもち。待《ま》ちどおしいけど、その年《とし》までは『アオハル100％』を読《よ》みながらワクワクしていようもち☆

レンジのお題《だい》を出《だ》す発案者《はつあんしゃ》。

このことを知《し》ってるのは、クルミくんだけなんだ。

ただ最近《さいきん》、このアオハルチャレンジでこまったことが……。

それは、お題《だい》のネタが、なかなか思《おも》いつかないこと！

「クルミくん、なにかいいアイディアない～？」

「うーん……そうだ。火花《ひばな》さん、最近《さいきん》SNSで気《き》になったり、興味《きょうみ》を持《も》ったポストはある？」

「え？　それなら……」

わたしはスマホを取《と》り出《だ》すと、さっき見《み》ていたポストを表示《ひょうじ》させる。

「ほらこれ。キヨマサさんがポストしてたの」

この『キヨマサ』さんって、じつは、近《ちか》くに住《す》んでいる女子高校生《じょしこうこうせい》なの。

キヨマサさんも、アオハルチャレンジをやってる『アオハルチャレンジャー』で。

前《まえ》にわたしたちは、チャレンジを通《つう》じて、直接《ちょくせつ》、会《あ》ったことがあるんだ！

それ以降《いこう》は、SNS越《ご》しに、ときどきやりとりするくらいだけどね。

クルミくんが、キヨマサさんの「古民家《こみんか》カフェにいってきました」のポストを見《み》ながら言《い》う。

「うん……これ、いいかも。新《あたら》しいアオハルチャレンジのお題《だい》　#おすすめのお店《みせ》を紹介《しょうかい》するってどうかな？」

「おすすめのお店《みせ》？」

「うん。キヨマサさんみたいに、お店《みせ》や商品《しょうひん》を写《うつ》してるポストって、けっこう見《み》るよね」

言《い》いながら、クルミくんも自分《じぶん》のスマホを取《と》りだして操作《そうさ》する。

そこに映《うつ》ってるのは、ホイップクリームののった、ふわふわなパンケーキ。

うわぁ～、美味《おい》しそ～♥

つづいて画面《がめん》に出《で》てきたのは、たくさんの、真《ま》っ白《しろ》いモコモコの犬《いぬ》たち。

サモエドっていうわんこで、映《うつ》っているのは、そんなサモエドたちと触《ふ》れあうことのできる、
サモエドカフェなんだって！！

ぎゃ――かわいい――！！！

なでなでしたり、いっしょにお散歩《さんぽ》したりもできるみたい。

いってみたい――！！！

次《つぎ》に出《で》てきたのは、本屋《ほんや》さんの画像《がぞう》。

店内《てんない》を写《うつ》した写真《しゃしん》で、雰囲気《ふんいき》からすると、チェーン店《てん》じゃなく、個人経営《こじんけいえい》の本屋《ほんや》さんみたい。

店長《てんちょう》おすすめの本《ほん》がポップつきでならべられていて、ポップには、『妖《あやかし》が見《み》えるクラスメイト

との不思議《ふしぎ》な関係《かんけい》に、ドキドキがとまらない』なんて書《か》いてある。

へえー、ちょっと読《よ》んでみたいなあ！

「……こうしてみると、お店《みせ》に関《かん》するポストってたくさんあるね。ずっと見《み》ていられそう」

「身《み》バレしたくない人《ひと》は、くわしいお店《みせ》の場所《ばしょ》は入《い》れなくてもいいし。でも、こういう場所《ばしょ》があるんだって思《おも》うと、見《み》てるだけでも楽《たの》しいと思《おも》うんだ」

「いいね！　よーし、じゃあさっそく、新《あたら》しいお題《だい》として上《あ》げちゃおう！」

わたしは、青春仕掛《せいしゅんしか》け人《にん》のアカウントから、＃アオハルチャレンジ　＃おすすめのお店《みせ》を紹介《しょうかい》する　のタグをつけてポストする。

みんなのおすすめしたいお店《みせ》を、おしえてね
おいしい食《た》べ物屋《ものや》さんでも、よく買《か》い物《もの》するお店《みせ》でもカラオケ店《てん》でもＯＫ《オーケー》！

よっし、ポスト完了《かんりょう》！

このお題《だい》で、どんなお店《みせ》が見《み》られるか、ワクワクするな～。

あ、でもわたしも仕掛《しか》け人《にん》であると同時《どうじ》に、お題《だい》にいどむアオハルチャレンジャーなんだった。

「火花《ひばな》さんは、どんなお店《みせ》を紹介《しょうかい》するの？」

「うーん。わたしなら雑貨屋《ざっかや》とか、スケボーショップとかかなあ……クルミくんは？」

「そうだね、オレは……よくいく喫茶店《きっさてん》かな」

「えっ、喫茶店《きっさてん》!?」

カフェとかじゃなくて、喫茶店《きっさてん》、なんだ？

「古《ふる》いお店《みせ》なんだけど、中《なか》に写真《しゃしん》がたくさん飾《かざ》られてて……」

「写真《しゃしん》かあ——さすが、クルミくんのいきつけだね。いいなあ」

わたしはなんの気《き》なしに言《い》ったけど、クルミくんがこれに反応《はんのう》した。

「今度《こんど》、火花《ひばな》さんもいっしょにいく？」

「え、いいの!?」

「うん。アオハルチャレンジなら、写真《しゃしん》を撮《と》らなきゃだし。興味《きょうみ》があるなら、近々《ちかぢか》どうかな？」

「いく！　いきたい！」

そんなの、いくに決《き》まってる！

アオハルチャレンジのお題《だい》から、さっそくステキイベントが発生《はっせい》しちゃった！

## 2 クルミくんのおすすめのお店《みせ》って？

次《つぎ》の土曜日《どようび》。

約束《やくそく》どおりわたしは、クルミくんに、おすすめのお店《みせ》に連《つ》れていってもらったの。

「へえー、こんなところあったんだー」

案内《あんない》してもらったのは、町《まち》のはずれの小《ちい》さな路地《ろじ》に入《はい》った先《さき》。

そこにあったのはレンガ造《づく》りの外観《がいかん》の、かなり年季《ねんき》の入《はい》った感《かん》じのお店《みせ》だった。

少《すこ》し塗装《とそう》のはげてる看板《かんばん》には、お店《みせ》の名前《なまえ》が書《か》かれている。

お店《みせ》の名前《なまえ》、『Colorful《カラフル》』っていうんだ。

クルミくんの話《はなし》だと常連《じょうれん》さんみたいだったけど、ここに、小学生《しょうがくせい》のころからきてるってこと？

わたしだって、ハンバーガーショップやドーナツ屋《や》さんならいくけど、こういうお店《みせ》に入《はい》ったことはない。

というか、子《こ》どもだけでここに入《はい》るの？

けど、クルミくんはすっと、お店《みせ》のドアを開《あ》ける。

「暑《あつ》いから中《なか》に入《はい》ろう。——どうぞ」

「う、うん……」

クルミくんが開《あ》けてくれたドアをくぐって、お店《みせ》に入《はい》ったとたん、ふわっとしたコーヒーの香《かお》りがただよってくる。

わぁ、いいにおい！

それに、中《なか》は、なんだかタイムスリップしたみたい！

磨《みが》きあげられた樹《き》のテーブル席《せき》には、ポツポツとお客《きゃく》さんがいて、それとはべつにカウンター席《せき》もある。

まるで古《ふる》いドラマなんかに出《で》てくるみたいな、味《あじ》わいぶかい雰囲気《ふんいき》。

クルミくんが、カフェじゃなくて「喫茶店《きっさてん》」って言《い》ってたけど、たしかにそうかも。

店内《てんない》に流《なが》れる音楽《おんがく》も、外国映画《がいこくえいが》のBGM《ビージーエム》みたいで、すごくオシャレ～。

目《め》にうつるもの全部《ぜんぶ》がめずらしくて、キョロキョロとながめていると……。

「火花《ひばな》さん、こっちだよ」

クルミくんは、なれた感《かん》じでテーブル席《せき》に……ううん、ちがった！

テーブル席《せき》を素通《すどお》りして、クルミくんはカウンター席《せき》にむかう。

えっ、そこなんだ。

家族《かぞく》で外食《がいしょく》するときに座《すわ》るのは、いつもテーブル席《せき》だったから、ハイチェアなんてはじめて！

クルミくんは、カウンターの奥《おく》に向《む》かって声《こえ》をかける。

「こんにちは、おじいちゃん」

「おおユウ。待《ま》っていたよ」

返事《へんじ》をして、出《で》てきたのは、お店《みせ》の店長《てんちょう》さんかな。

白《しろ》いピシッとしたシャツに、黒《くろ》のギャルソンエプロンを腰《こし》でしめた、カッコいいおじいさん！

日《ひ》に焼《や》けた黒《くろ》い肌《はだ》をしていて、高齢《こうれい》だけど肩《かた》が広《ひろ》くて、たくましい印象《いんしょう》を受《う》ける。

けど、表情《ひょうじょう》はやわらかだ。

あれ、ちょっと待《ま》って。

いまクルミくん、この人《ひと》のこと「おじいちゃん」って言《い》った？

「ねえ。もしかしてあの店長《てんちょう》さんって、クルミくんの……っ⁉」

「うん。オレのおじいちゃんだけど……あれ、ひょっとして言《い》ってなかったっけ？」

「うん、初耳《はつみみ》」

「──わ！　ごめん、伝《つた》えたつもりになってた」

大《おお》あわてで、あやまってくるクルミくん。

けど、いいよいいよ。

むしろ、サプライズっぽくて、おもしろかったし！

そっか、おじいちゃんのお店《みせ》だから、よくきてたってことかあー、納得《なっとく》。

ただ、この人《ひと》がクルミくんのおじいちゃんなんだって思《おも》うと、ちょっぴり緊張《きんちょう》してきた。

「あ、あの。はじめまして。わたし、クルミくんと同《おな》じクラスの火花《ひばな》ほむらって言《い》います。く、クルミくんには、いつもお世話《せわ》になって……」

「はは、そうかしこまらなくてもいいよ。若《わか》い子《こ》が楽《たの》しいものはあまりないかもしれないけど、ゆっくりしていってね」

「いえ、ぜんぜん。すごく、素敵《すてき》なお店《みせ》です！」

「ありがとう」

ニコリとしたおじいちゃんは、やっぱりカッコよくて。

どことなくクルミくんにも面影《おもかげ》があるかも……。

ペコリと頭《あたま》を下《さ》げて、クルミくんとならんで、高《たか》いカウンター席《せき》によじのぼって、腰《こし》をおちつける。

注文《ちゅうもん》をきかれたけど、よくわからないから、おまかせすることにした。

「火花《ひばな》さん、びっくりさせてごめんね」

「いいよ。それより、クルミくんのおじいちゃんってプロのカメラマンじゃなかった？」

前《まえ》にそんな話《はなし》をしてくれたよね。

クルミくんがカメラに興味《きょうみ》をもったのも、おじいちゃんの影響《えいきょう》だったと思《おも》うけど……。

「うん。いまは引退《いんたい》して、おばあちゃんと2人《ふたり》で喫茶店《きっさてん》をやってるんだ。ほら、あの写真見《しゃしんみ》て」

クルミくんが指《さ》したのは、カウンターの奥《おく》の壁《かべ》。

わ、すごい！

そこには高《たか》くそびえたつ真《ま》っ白《しろ》な雪山《ゆきやま》や、透明度《とうめいど》の高《たか》い透《す》き通《とお》った湖《みずうみ》といった、大《おお》きく引《ひ》き伸《の》ばされた景色《けしき》の写真《しゃしん》のパネルが、いくつも飾《かざ》られてたの。

「これってもしかして、クルミくんのおじいちゃんの？」

「うん。世界中《せかいじゅう》いろんなところにいって、たくさんの写真《しゃしん》を撮《と》っていたんだ。ここ『Colorful《カラフル》』でも、月替《つきが》わりで、いろんな写真《しゃしん》を飾《かざ》っているんだよ」

へー。それじゃあ写真見《しゃしんみ》たさに、お客《きゃく》さんもたくさんきちゃうかも。

風景写真《ふうけいしゃしん》ってネットでいっぱい見《み》かけるけど、目《め》の前《まえ》のパネルには、ぜんぜんちがう迫力《はくりょく》がある。

これが、プロのカメラマンさんの写真《しゃしん》……ってことなんだなあ。

「すっごい写真《しゃしん》だねえ……！」

って、うう、またわたしの**語彙力《ごいりょく》**――――！

「ね、ねえ、クルミくんは、撮影《さつえい》に連《つ》れていってもらったことはあるの？」

「オレ？　まさか。おじいちゃんの撮影場所《さつえいばしょ》はどこも遠《とお》いし、それに険《けわ》しい山《やま》を登《のぼ》ったり、森《もり》をかき分《わ》けていかなきゃいけないところもあったりするから……」

「はは、ユウの体力《たいりょく》だと、ちょっと厳《きび》しいかな。もっと鍛《きた》えないとね」

奥《おく》にいたクルミくんのおじいちゃんが、わたしたちの話《はなし》をきいて、入《はい》ってくる。

クルミくんは恥《は》ずかしそうに「ちょっとおじいちゃん！」って言《い》ってるけど、あわててる様子《ようす》が新鮮《しんせん》。

クルミくんにはわるいけど、落《お》ちついてるふだんとはちがうすがたを見《み》られて、うれしいな。

「でも、オレも少《すこ》しは、鍛《きた》えなきゃなあ。おじいちゃんみたいな写真《しゃしん》を撮《と》りたくても、そもそもその場所《ばしょ》にいけないんじゃどうしようもないもの」

「でもこういう大自然《だいしぜん》の写真《しゃしん》もいいけど、わたしはクルミくんが撮《と》る日常《にちじょう》の景色《けしき》も好《す》きだよ」

店内《てんない》に飾《かざ》られてる写真《しゃしん》は、雄大《ゆうだい》な自然《しぜん》を写《うつ》したものばかり。

対《たい》してクルミくんがいつも撮《と》っているのは、身《み》のまわりにあるもの。

どっちもすごく素敵《すてき》だよ。

あ、もちろん、クルミくんがおじいちゃんみたいな写真《しゃしん》を撮《と》りたいって言《い》うなら応援《おうえん》するけど……。

するとクルミくんのおじいちゃんはうれしそうに言《い》う。

「ほむらちゃんは、ユウの写真《しゃしん》を気《き》に入《い》ってくれているのかい？」

「もちろんです！　いろんなかたちをした雲《くも》の写真《しゃしん》とか、町《まち》なかのネコの写真《しゃしん》とか。すぐ近《ちか》くに、こんな素敵《すてき》な景色《けしき》があるんだって、教《おし》えてくれて。クルミくんの写真《しゃしん》のおかげで、いままで見落《みお》としてたキラキラに、気《き》づくようになったと言《い》うか……」

「ひ、火花《ひばな》さん。もうそのへんで」

語《かた》りはじめたわたしを、クルミくんが顔《かお》を赤《あか》くしながら止《と》める。

いけないい、つい熱《ねつ》が入《はい》っちゃった。

けどクルミくんのおじいちゃんは、すごくうれしそうな顔《かお》をしたの！

「うんうん、僕《ぼく》もそう思《おも》うよ。ユウの写真《しゃしん》は、どれも僕《ぼく》では撮《と》れないものばかりだ。ほむらちゃんは見《み》る目《め》あるねえ」

わあい、おじいちゃんから、ファンとして認《みと》められちゃった！

と、クルミくんのおじいちゃんが、透明《とうめい》なグラスを２つ、わたしたちの前《まえ》においた。

てっきり、コーヒーが出《で》てくるのかなーって思《おも》っていたけど、グラスの中《なか》は淡《あわ》い金色《きんいろ》に光《ひか》っていて、ふちにはレモンが飾《かざ》られていた。

「はい、特製《とくせい》のレモネードだよ。うちの店《みせ》の名物《めいぶつ》なんだ」

「わあ、ありがとうございます。いただきます！」

レモンがまるで、宝石《ほうせき》みたいに輝《かがや》いてる。

そうだ、飲《の》む前《まえ》に、アオハルチャレンジに使《つか》う写真《しゃしん》を、撮《と》っておかなきゃ。

スマホのカメラでパシャリと撮影《さつえい》してから、レモネードを口《くち》に運《はこ》ぶ。

キュッとすっぱくて、だけどすっきり甘《あま》い！

「すごく美味《おい》しいです！　ハチミツレモンに似《に》てるけど、ちょっとちがう……？」

「それはハチミツじゃなくて、上白糖《じょうはくとう》で味《あじ》つけしてあるんだよ。気《き》に入《い》ってくれたかな？」

「はい、とっても！」

ごくごく飲《の》んじゃいそうだけど、もったいなくて。

ちょっとずつ、口《くち》のなかでしゅわしゅわさせて楽《たの》しむ。

なんて気持《きも》ちいいお店《みせ》なんだろう。

おじいちゃんがほかのお客《きゃく》さんの注文《ちゅうもん》を取《と》りにいくのを見送《みおく》りながら、わたしはとなりのクルミくんにきいてみる。

「すごくレトロで、いい雰囲気《ふんいき》だね」

「昔《むかし》からずっと、この雰囲気《ふんいき》を変《か》えないようにしているみたいだよ。『Colorful《カラフル》』はオレや火花《ひばな》さんが生《う》まれるずっと前《まえ》からあるけど、メニューや店《みせ》の内装《ないそう》には、一切《いっさい》手《て》を加《くわ》えていないんだって。……古《ふる》くさいって言《い》う人《ひと》もいるけどね」

「えー、そんなことないのに！」

たしかにいまどきこういうお店《みせ》はめずらしいかもしれないけど、わたしなら、またきたくなっちゃうなあ。

もしかしたらここは知《し》る人《ひと》ぞ知《し》る、隠《かく》れ家《が》的《てき》なお店《みせ》なのかも。

あっ。でもそうだとしたら……。

「――ねえ、クルミくん。もしかして、さっき撮《と》った写真《しゃしん》をポストするとき、お店《みせ》がここだってこと、わからないようにしたほうがいいかなあ？」

「え、どうして？」

「だって、もしもポストした写真《しゃしん》見《み》て、興味本位《きょうみほんい》の人《ひと》がきたら、このお店《みせ》の雰囲気《ふんいき》がくずれちゃうかもしれないでしょ」

心配《しんぱい》しなくても、わたしがポストしたくらいじゃそんなに影響《えいきょう》はないとは思《おも》うけど……念《ねん》のた

SNSにポストするとき、その場所《ばしょ》の位置情報《いちじょうほう》をつけることができるもち。スマホやPCでまちがいなくその位置《いち》が伝《つた》えられて便利《べんり》だけど思《おも》いがけないこともおきるかもだから、注意《ちゅうい》しようもち。位置情報《いちじょうほう》を公開《こうかい》するか非公開《ひこうかい》にするかは、方法《ほうほう》を調《しら》べて設定《せってい》してみてね。

もちウサギの SNSまめちしき

めね。

「うーん、そういえば……おじいちゃん、前《まえ》にテレビの取材《しゅざい》の話《はなし》がきたけど断《ことわ》ったって言《い》ってたっけ。宣伝《せんでん》にはなるかもしれないけど、テレビなんて関係《かんけい》なしに通《かよ》ってくれる常連客《じょうれんきゃく》がいれば、うちはそれでいいって」

へえ、そんなことがあったんだ。

まるで、教室《きょうしつ》でのクルミくんみたい。

クルミくんはふだん学校《がっこう》で1人《ひとり》でいることが多《おお》いけど、決《けっ》して人間《にんげん》ギライというわけじゃなく、自分《じぶん》の世界《せかい》を大事《だいじ》にしてるから。

クルミくんのおじいちゃんも同《おな》じように、『Colorful《カラフル》』の雰囲気《ふんいき》を守《まも》っているのかも……

まあ、全部《ぜんぶ》わたしの想像《そうぞう》なんだけどね。

「そういうことならやっぱり、ポストするときは『Colorful《カラフル》』だって、わからないようにするね」

「うん。気《き》をつかってくれてありがとう、火花《ひばな》さん」

ニコッと笑《わら》いながら、お礼《れい》を言《い》うクルミくん。

わたしだって、このお店《みせ》の雰囲気《ふんいき》、壊《こわ》したくないものね……。

――カラン

不意《ふい》に、お店《みせ》のドアが開《ひら》く音《おと》がきこえた。

新《あたら》しいお客《きゃく》さんかな？

すると足音《あしおと》が、ツカツカツカとまっすぐにここ、カウンター席《せき》のほうに近《ちか》づいてきて。

すぐうしろで気配《けはい》が立《た》ちどまる。

「よう、ユウ」

振《ふ》りかえったクルミくんが、おどろいた声《こえ》を出《だ》す。

「え、雷《らい》？」

わたしもうしろをむいてみる。

と、そこに立《た》っていたのは、
なんだか不思議《ふしぎ》にキラキラしたオーラを放《はな》った男子《だんし》だったんだ。

# 3 「どっちがトモダチ」合戦《がっせん》!?

とつぜん現《あらわ》れた、見知《みし》らぬ男子《だんし》。

だれだろう、クルミくんの知《し》りあいかな?

しかも……なんだろうこの人《ひと》。

年齢《ねんれい》は、あまりわたしたちと変《か》わらなそうなんだけど、やけにキラキラしてる。

それに……うーん、どこかで見《み》たような気《き》がするんだけど。

もしかして、うちの学校《がっこう》のべつの学年《がくねん》とか? こんなキラキラした人《ひと》、いたかなあ?

「雷《らい》、どうしてここに? 今日《きょう》はほかに用事《ようじ》があるって言《い》ったのに……」

「オレが今日《きょう》、お前《まえ》に会《あ》いたかったんだから、しかたないだろ」

なんて言《い》いながら、雷《らい》って呼《よ》ばれた男子《だんし》は、わたしとクルミくんの間《あいだ》のカウンターに、片手《かたて》をつく。

えっ、ちょっとちょっとー？

ふつう、そこにわりこんでくる？

しかも……。

「ん、ちょっとせまいな。アンタ、もう少《すこ》しそっちよってくれるか」

なんて言《い》って、さらにわたしとクルミくんの距離《きょり》を開《あ》けさせようとしてくる。

な、なんなのこの人《ひと》ー!?

するとクルミくんが、こまったような顔《かお》をする。

「ちょっと雷《らい》やめてよ。——火花《ひばな》さんごめんね、こちらは、オレの小学校《しょうがっこう》の同級生《どうきゅうせい》で……」

「ん？　ひょっとして昨日《きのう》お前《まえ》が言《い》ってたのがコレか？　オレはユウの**親友**《しんゆう》の東條雷《とうじょうらい》だ」

自己紹介《じこしょうかい》をしてくる、東條《とうじょう》くん。

ハイチェアにすわる私《わたし》と視線《しせん》が近《ちか》い……っていうことは、けっこう背《せ》が高《たか》いっぽい。

ラフなTシャツと、ルーズなパンツスタイルが、オシャレに決《き》まってる。

え、ていうかいま、クルミくんの親友《しんゆう》って言《い》った!?

わたしのこと「コレ」って言《い》う人《ひと》が、おだやかで、こまやかに気《き》をつかうタイプのクルミくんと「親友《しんゆう》」っ!?

けどクルミくんも名前《なまえ》で呼《よ》んでるし……たしかに、なんとなく心《こころ》をゆるしてる雰囲気《ふんいき》がある。

東條《とうじょう》くんは、遠慮《えんりょ》のない目《め》で、マジマジとわたしを見《み》てくる。

「友《とも》だちと約束《やくそく》があるって言《い》ってたの、マジだったんだな」

「オレが友《とも》だちをさそうの、そんなに意外《いがい》？」

「意外《いがい》っつーか、なんつーか。お前《まえ》あんまり人《ひと》とからまねーだろ。中学《ちゅうがく》べつになってからは知《し》らんけど。そのへんどうなったか、気《き》になってたんだよ」

ふーん、どうやら東條《とうじょう》くんはクルミくんを遊《あそ》びにさそったけど、クルミくんに、わたしとの先《せん》約《やく》があるからって、ことわられたみたい。

べつの中学《ちゅうがく》なら、なかなか会《あ》えないだろうし、わるいことしたかな？って、一瞬《いっしゅん》思《おも》ったけど。

「ユウが『友《とも》だち』とか言《い》うから、どんなやつだよって気《き》になってきてみたけど……まさかオン、ナ、とか。マジかよ」

**オ、オンナっ!?**

失礼《しつれい》な言《い》い方《かた》に、おもわず顔《かお》が引《ひ》きつる。

さっきからこの人《ひと》、態度《たいど》わるすぎるんだけど！

「雷《らい》、やめなって。……ごめんね、火花《ひばな》さん」

うう、クルミくんが申《もう》し訳《わけ》なさそうな顔《かお》するとこじゃないよーっ。

一方《いっぽう》、フォローされてる東條《とうじょう》くんは、なんか挑戦的《ちょうせんてき》な顔《かお》してるし……ぐぬぬぅ！

「い、いいよ。わたし、ぜーんぜん気《き》にしてないから！」

わたしは、がんばって笑顔《えがお》を作《つく》った。

せっかく連《つ》れてきてくれたお店《みせ》で、もめたくないもんね。

そのとき、店《みせ》の扉《とびら》がカランと開《あ》いて、女《おんな》の人《ひと》が入《はい》ってきた。

「ただいま～。おやユウちゃん、もうきてたのかい」

「あ、おばあちゃん」

え、クルミくんのおばあちゃん!?

やさしそうな感《かん》じの、背筋《せすじ》の伸《の》びた品《ひん》のいい人《ひと》。

買《か》い物《もの》にでもいってたのかな、両手《りょうて》に大《おお》きなスーパーの袋《ふくろ》を提《さ》げている。

「おばあちゃん、こちらはオレの同級生《どうきゅうせい》の火花《ひばな》さんだよ」

「は、はじめまして。火花《ひばな》ほむらって言《い》います！」

「まあ、ユウちゃんの友《とも》だちね？　かわいらしいお嬢《じょう》さんだこと。待《ま》っててね。荷物《にもつ》をおいてくるから」

「運《はこ》ぶの手伝《てつだ》うよ。火花《ひばな》さん、雷《らい》、わるいけどちょっと待《ま》ってて」

おばあちゃんの手《て》から重《おも》そうな袋《ふくろ》を受《う》けとりつつ、いっしょに店《みせ》の奥《おく》へ入《はい》っていくクルミくん。

やっぱり、素敵《すてき》だなあ……なんて思《おも》って見送《みおく》ったけど。

よく考《かんが》えたら東條《とうじょう》くんと2人《ふたり》で、残《のこ》されちゃったじゃん！

気《き》まずい。どうしよう。

けどそんな沈黙《ちんもく》を、東條《とうじょう》くんがやぶった。

「ユウの『友《とも》だち』が、女子《じょし》とはな。まあオレのほうが仲《なか》いいし、付《つ》きあいもなげーけど」

**「は、はぁっ!?」**

ブチッ！

あまりに挑発的《ちょうはつてき》な物言《ものい》いに、さすがにガマンが限界突破《げんかいとっぱ》！

さっきから、なんなのコイツー！　堪忍袋《かんにんぶくろ》が、完全《かんぜん》に爆発《ばくはつ》したよ！

だけど、決《けっ》して声《こえ》はあら立《だ》てないんだから。

「ふ、ふ〜ん、そうなんだ〜。でも仲《なか》がよかったのって小学校《しょうがっこう》のころの話《はなし》でしょ。わたしは現在《げんざい》進行形《しんこうけい》でクルミくんと同校《おなこう》で、同《おな》クラですけど〜〜〜!?」

顔《かお》をひくつかせつつ、かえしたけど、東條《とうじょう》くんは「あ〜ん!?」とまゆをつりあげた。

「中学《ちゅうがく》に入《はい》ってから、まだ数ヶ月《すうかげつ》しか経《た》ってねーじゃねーか。そんな昨日今日知《きのうきょうし》りあったようなやつに、このオレが負《ま》けるかよ！」


**な、ナニヲ――――！！！**


とはいえ、わたしがクルミくんと話《はな》すようになったのは、じつは最近《さいきん》なんだよね。

くやしいけど東條《とうじょう》くんの言《い》う通《とお》り、いっしょにすごした時間《じかん》の長《なが》さじゃ完敗《かんぱい》だ。

で、でも、クルミくんへの気持《きも》ちの強《つよ》さなら！

絶対《ぜったい》に負《ま》けてないんだから！

「わ、わたしだって、ちょいちょい写真部《しゃしんぶ》に顔出《かおだ》してるし。いっしょにアオハルチャレンジもやってるし〜！」

クラスでは、わたしが写真部《しゃしんぶ》の部室《ぶしつ》に出入《でい》りしてることも、クルミくんとアオハルチャレンジをやってることも、ヒミツにしてるけど。

こうまでマウントとられたんだもの。言《い》いかえさずにはいられないよー！

そしたらとたんに、東條《とうじょう》くんの目《め》つきが変《か》わった。

「おい待《ま》て、アオハルチャレンジって。たしかSNSではやってる遊《あそ》びじゃないか？」

「え、知《し》ってるの？」

「オレはやったことねーけど、クラスのやつらがよく話《はな》してるからな。ＳＮＳに、写真《しゃしん》や動画《どうが》をあげるやつだろ。……あれを、ユウが？」

と、東條《とうじょう》くんは、けげんな顔《かお》。

「うん。アオハルチャレンジのお題《だい》タグで、写真《しゃしん》をポストしてるよ」

「マジかよ……。つーかユウのやつ、ＳＮＳやってるの、なんでオレに教《おし》えねーんだ」

うーん、それは……。

クルミくんの性格上《せいかくじょう》、こんなのはじめたよって自分《じぶん》からアピールするタイプじゃないもんね。

話《はな》すようになったばかりのころ、クルミくんはすでにＳＮＳのアカウントは持《も》っていたけど、フォローしてる人《ひと》もフォロワーも０で。

わたしもびっくりしたくらいだし。

けど、きいてなかったことをくやしがる東條《とうじょう》くんを見《み》て、わたしのイジワル心《ごころ》が、むくむくふくらむ。

「ふぅ～ん、ＳＮＳやってたことも知《し》らなかったんだ～。親友《しんゆう》なのにね～」

「う、うるせーなあ」

「わたしはクルミくんと相互《そうご》フォローだし。ツーショットもいっしょに撮《と》ってるんだけどな〜。これって『親友《しんゆう》以上《いじょう》』？」

「そんなわけあるかァ！　おいお前《まえ》、ユウのアカウント教《おし》えろよ」

スマホを取《と》りだして、問《と》いつめてくる東條《とうじょう》くんだけど……。

「クルミくんが教《おし》えてないのに勝手《かって》に教《おし》えられないよ。っていうか、そっちもＳＮＳやってるの」

「あぁ？　このオレにそれ言《い》うか？　見《み》ろこれを！」

ふん、なになに？

つきつけてきたスマホの画面《がめん》には、東條《とうじょう》くんのアカウントページが。

どうしてすぐにわかったのかって？

東條《とうじょう》くんの素顔《すがお》が、バッチリ映《うつ》っていたからだよ！

「え、ネットで顔出《かおだ》してるの？　あぶなくない!?」

「いいんだよ。オレは、顔《かお》を売《う》ってなんぼなんだから。――フォロワー数《すう》、見《み》ろ」

「……んん？」

そこに書《か》かれていたのは、『Dancer THUNDER ―ダンサー・ライ―』の文字《もじ》。

もちウサギの
SNSまめちしき

SNS上《じょう》で気《き》になったアカウントを、ずっとチェックしたいなって思《おも》ったら「フォロー」するもち！　フォローしてくれている人《ひと》のことを「フォロワー」って呼《よ》ぶもち。おたがいにフォローしあっていることを「相互《そうご》」ともよぶもち。

……げ。げげげげ。

「え、待《ま》って、ダンサー・ライって！　ダンス動画《どうが》をたくさんポストしてる、あの!?」

「おう。オレのこと知《し》ってるのか？」

「うん。友《とも》だちがよく見《み》てるから。え、本物《ほんもの》のライ!?」

最初《さいしょ》、東條《とうじょう》くんを見《み》たとき、どこかで見《み》たような気《き》がしたのは、これだったのかー！

ダンス動画《どうが》は千鶴《ちづる》が好《す》きで、わたしもときどき見《み》せてもらってたんだけど、たびたび目《め》にしてたのが、ライ。

同世代《どうせだい》なのに、とびっきりダンスがうまくてヤバいって千鶴《ちづる》が言《い》ってた。

フォロワー数《すう》も多《おお》いインフルエンサーなんだけど、え――っ、東條《とうじょう》くんが、あのライ!?

わたしが目《め》を丸《まる》くしていると、東條《とうじょう》くんは勝《か》ちほこった顔《かお》をする。

「どうだ、おそれいったか。じゃあ、ユウのアカウントを教《おし》えろ」

「うん……って、いやいやいや！　東條《とうじょう》くんがライってことと、クルミくんとは関係《かんけい》ないじゃん」

「ちっ、気《き》づきやがった」

なんだろ、この人《ひと》、ちょっとクルミくんのこと好《す》きすぎない？

まあ、はりあってるわたしも、人《ひと》のこと言《い》えないけど。

インフルエンサーだからっていばられる筋合《すじあ》いはないし！

わたしたちが、おたがい威嚇《いかく》するみたいに、にらみあっていると……。

「ごめん、お待《ま》たせ。……あれ、２人《ふたり》とも仲《なか》よくなったの？」

「どこが！　それよりユウ、お前《まえ》ＳＮＳはじめたんだってな。コイツがアカウント教《おし》えてくんねーんだ、意地《いじ》がわるいだろー？」

「ちがっ！　いくら友《とも》だちでも、勝手《かって》に教《おし》えるのはどうかとっ」

コイツ、なに言《い》ってくれてるの！

「２人《ふたり》とも落《お》ちついて。ＳＮＳは中学《ちゅうがく》に入《はい》ったあたりでなんとなくはじめたんだ。言《い》ったほうがよかった？」

「言《い》えよ！　そんな前《まえ》からかよ！　まあいいや、アカウント教《おし》えろよ。なんて名前《なまえ》だ？」

「アカウント名《めい》は『夜明《よあ》け』だよ……」

なんて、クルミくんは、あっさり東條《とうじょう》くんのスマホをのぞきこんで教《おし》えてしまう。

あああ、なんか2人《ふたり》の間《あいだ》に、なかよしオーラが出《で》てる……。

も、もちろんわたしが口出《くちだ》しすることじゃないけどさ。

2人《ふたり》がアカウントを相互《そうご》フォローして、ニッと、ほほえみあうのを見《み》てたら……ううう。

そのとき、東條《とうじょう》くんが、わたしを見《み》てフッと笑《わら》った。

まるでわたしを挑発《ちょうはつ》するみたいに。

むむぅ――！

クルミくんの親友《しんゆう》と、ケンカなんかしたくないけど！

この人《ひと》、わたしと相性《あいしょう》サイアクだあ――！

# 4 トモダチだから、さみしくて

昼休《ひるやす》みの体育館《たいいくかん》。

クラスの男子《だんし》たちが、バスケをやっていて。

わたしと千鶴《ちづる》、それにクラスメイトの香鈴《かりん》は、それを見《み》ながらしゃべってたんだけど……。

「香鈴《かりん》の昨日《きのう》のポスト見《み》たよー。香鈴《かりん》のおすすめの駄菓子屋《だがしや》さん、楽《たの》しそうだった！」

「うん。昨日《きのう》、保育園《ほいくえん》の帰《かえ》りにリュウをつれていってあげたの」

楽《たの》しそうに話《はな》す香鈴《かりん》。

リュウっていうのは、３歳《さい》になる香鈴《かりん》の弟《おとうと》くん。

おうちの都合《つごう》で、年《とし》のはなれたお姉《ねえ》ちゃんの香鈴《かりん》がよくめんどうをみてる。

とってもなかがいい姉弟《きょうだい》なの。（くわしくは『おもしろい話《はなし》、集《あつ》めました。Ⓒ《クローバー》』を読《よ》んでね）

そんな香鈴《かりん》がＳＮＳにポストしたのが、駄菓子屋《だがしや》さんの様子《ようす》。

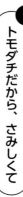

お菓子《かし》がたくさんならんでるのって、どれにしようかワクワクするよね。

リュウくんのちっちゃいお手々《てて》に、アメやスナックがいっぱい握《にぎ》られてるのがかわいかった！

「小学校《しょうがっこう》のころによくいってた駄菓子屋《だがしや》さんなんだ。アオハルチャレンジのお題《だい》を見《み》て、いってみようと思《おも》ったの。リュウってばどれにするか迷《まよ》っちゃって、選《えら》ぶのに時間《じかん》かかったなあ」

「あはは、でもリュウくんの気持《きも》ちわかるよ。これはわたしでも絶対《ぜったい》なやむ」

「なら、今度《こんど》みんなでいっしょにいく？」

「賛成《さんせい》！」

香鈴《かりん》のポストは、**#おすすめのお店《みせ》を紹介《しょうかい》する**のタグがついてて、けっこう♥《いいね》をもらってる。
**#おすすめのお店《みせ》を紹介《しょうかい》する**　のポストは、この土日《どにち》の間《あいだ》に爆発的《ばくはつてき》に増《ふ》えていて、わたしたちはバスケそっちのけで、アオハルチャレンジの話《はなし》に花《はな》をさかせていた。
すると、コートを走《はし》っていた男子《だんし》の1人《ひとり》、星野《ほしの》が足《あし》を止《と》める。

「おーい、ちゃんと撮影《さつえい》してくれてるかー？」

「だいじょうぶー。しっかりムービー撮影《さつえい》してるよー！」

「たのむぜ。アオハルチャレンジに使《つか》うんだからよ」

バスケをやっている男子《だんし》たちだけど、じつはこれもアオハルチャレンジなの。

星野《ほしの》がはいているのは、買《か》ったばかりの、ホワイトカラーに黒《くろ》のラインが入《はい》ったバスケットシューズ。

よくいくスポーツ用品店《ようひんてん》で買《か》ったもので。

せっかくだから、そのシューズをはいてプレーする動画《どうが》もポストしたらウケるんじゃないかって言《い》って、こうして撮影《さつえい》してるってわけ。

床《ゆか》に擦《こす》れる音《おと》をキュッキュッと響《ひび》かせながら、ドリブルをする星野《ほしの》は、けっこうイケている。

お題《だい》を考《かんが》えたとき、お店《みせ》で買《か》ったものを使《つか》ってる様子《ようす》までポストするのは考《かんが》えてなかったけど、こういうポストもありかぁって、ちょっと感心《かんしん》した。

「そういえば、ほむらがポストしてた隠《かく》れ家的《がてき》な喫茶店《きっさてん》？　カッコよかったね」

千鶴《ちづる》が言《い》ってきたのはもちろん、この前《まえ》クルミくんといった、『Colorful《カラフル》』だ。

「いい雰囲気《ふんいき》のところじゃん。昭和《しょうわ》レトロっていうのかな？　なんか昔《むかし》の映画《えいが》の中《なか》に、入《はい》っちゃったみたいな感《かん》じ」

うん、とちゅうで東條《とうじょう》くんに、割《わ》って入《はい》られたけどね。

結局《けっきょく》、東條《とうじょう》くんはあのあとずっといすわって、おかげで、わたしがクルミくんと話《はな》す時間《じかん》が、ぜんぜんなかった。

それに、ちらちら見《み》せてた、あのイジワルな顔《かお》。

ああー、思《おも》いだしただけでもムカつくー！

「ど、どうしたのほむら？　顔《かお》がこわくなってるよ」

ひくような香鈴《かりん》の声《こえ》に、ハッと我《われ》にかえる。

「な、なんでもない。千鶴《ちづる》がポストしてたのは、駅前《えきまえ》のカラオケ店《てん》だったよね」

話《はなし》をそらして話題《わだい》にあげたのは、千鶴《ちづる》がポストしたアオハルチャレンジ。

紹介《しょうかい》されてたのは、わたしもいったことのあるカラオケ店《てん》だから、わかった。

ソフトクリームが食《た》べ放題《ほうだい》だし、あそこの季節限定《きせつげんてい》パフェ、美味《おい》しいんだよね〜！

千鶴《ちづる》がポストした写真《しゃしん》にも、みんなでシェアしたのか、パフェをかこんでみんなでポーズをとる楽《たの》しそうな様子《ようす》が写《うつ》っていた。

「いっしょにいったのって、吹奏楽部《すいそうがくぶ》のメンバー？」

「うん。アオハルチャレンジのことを話《はな》したら、みんなでいってみようって話《はなし》になってね……」

あれ、どうしたんだろう？

しゃべっていた千鶴《ちづる》の声《こえ》が、途中《とちゅう》から急《きゅう》に小《ちい》さくなって、表情《ひょうじょう》が暗《くら》くなる。

香鈴《かりん》も気《き》づいたみたいで、心配《しんぱい》そうにきく。

「なにかあったの？」

「うん、ちょっとね……みんなで歌《うた》ったあと、お店《みせ》の外《そと》で、ぐうぜん小学校《しょうがっこう》のころの友《とも》だちに会《あ》ったんだよ」

千鶴《ちづる》が、こんな深刻《しんこく》な顔《かお》をするのって、見《み》たことがない。

いつもフォローしてもらってるわたしとしては、相談《そうだん》にのりたい！

「それでそれで？」

と、つづきをうながしてみる。

——千鶴《ちづる》の話《はなし》だと、その子《こ》は、小学校《しょうがっこう》のころ仲《なか》がよかった女《おんな》の子《こ》で、いまはべつの中学《ちゅうがく》なんだって。

小学校《しょうがっこう》のころのなかよしに、ばったり会《あ》えるなんて、本当《ほんとう》なら、うれしいぐうぜんだけど……。

「その子《こ》の態度《たいど》が、なんだかよそよそしくてね……」


千鶴《ちづる》の話《はなし》によると、その子《こ》と会《あ》ったのはカラオケ店《てん》を出《で》た直後《ちょくご》。

吹奏楽部《すいそうがくぶ》の人《ひと》たちと笑《わら》いながら「たくさん歌《うた》ったねー」って話《はな》しているところに、道《みち》の先《さき》から歩《ある》いてくるのが見《み》えたんだって。

「ん、あれは……おーい！」

「えっ、千鶴《ちづる》？」

その子《こ》に向《む》かって、手《て》を振《ふ》ると、その子《こ》は、一瞬目《いっしゅんめ》を輝《かがや》かせたんだって。

千鶴《ちづる》も、友《とも》だちとの再会《さいかい》に、テンションが上《あ》がったんだけど……。

「久《ひさ》しぶりー、元気《げんき》だった!?」

と、駆《か》けよると、その子《こ》は、

「あ、うん……。あの、いっしょにいるのって、同《おな》じ中学《ちゅうがく》の人《ひと》たち？」

「うん、吹部《すいぶ》のメンバーだよ。みんなでカラオケにきてたんだ」

「そう、なんだ……」

なぜかその子《こ》はうかない顔《かお》で、千鶴《ちづる》から目《め》をそらしたんだって。

様子《ようす》がおかしいことに、千鶴《ちづる》はすぐ気《き》づいたんだけど……。

「どうかした？」

「なんでもない……ごめん千鶴《ちづる》、またね」

「あ、ちょっと……」

千鶴《ちづる》が呼《よ》び止《と》めるのもきかずに、その子《こ》は足《あし》を速《はや》めて、いっちゃって。

せっかく久《ひさ》しぶりに会《あ》えたのに、避《さ》けられたのがショックで。

さっきまでおもいっきりカラオケして、気持《きも》ちよかったのに。

遠《とお》ざかっていくその子《こ》のさびしそうな顔《かお》が、いまも頭《あたま》から離《はな》れないんだって……。


千鶴《ちづる》から話《はなし》をきいて、わたしも香鈴《かりん》も、なんて言《い》えばいいかわからずに顔《かお》を見《み》あわせる。

「久《ひさ》しぶりに会《あ》ったんだから、あたしはもっと話《はな》したかったんだけどね。なんか、きらわれるようなこと、したかなあー」

「ええと……最後《さいご》に会《あ》ったとき、なんか気《き》まずかったってことはない？　卒業《そつぎょう》してから、会《あ》ってなかったんだよね？」

千鶴《ちづる》にかぎって、ケンカしてたのを忘《わす》れてたってことはないと思《おも》うけど、一応《いちおう》きいてみる。

けど案《あん》の定《じょう》、千鶴《ちづる》は首《くび》を横《よこ》にふった。

「ない……と思《おも》うよ。卒業式《そつぎょうしき》で『学校《がっこう》が離《はな》れても、またいっしょに遊《あそ》びにいこうね！』って話《はな》してたし。あ、でもそれからずっと連絡《れんらく》してなかったし……もしかしたらそれで怒《おこ》ってたのかな」

「連絡《れんらく》とらなかったのは、おたがいさまでしょ。一方的《いっぽうてき》に怒《おこ》るなんておかしくない？」

「たしかに、そんな子《こ》じゃなかったけど……」

ため息《いき》をつくすがたは、ふだんの凛々《りり》しい千鶴《ちづる》とはちがって、少《すこ》したよりなげだ。

千鶴《ちづる》が、こんなにしょんぼりするなんて……。

その子《こ》はどうして、そんな態度《たいど》を取《と》ったんだろうね？

すると、ずっとだまっていた香鈴《かりん》が。

「――ねえ、千鶴《ちづる》ちゃん。その子《こ》と会《あ》ったとき、吹奏楽部《すいそうがくぶ》の人《ひと》たちが近《ちか》くにいたんだよね。もしかしたらだけど……その子《こ》は、千鶴《ちづる》ちゃんが、自分《じぶん》の知《し》らない人《ひと》たちと仲《なか》よくしてるのを見《み》て、どう話《はな》したらいいかわからなかったんじゃない？」

「「……！」」

香鈴《かりん》の言葉《ことば》に、わたしも千鶴《ちづる》も目《め》を見《み》ひらく。

さすが、香鈴《かりん》。頭《あたま》がいい。その発想《はっそう》は、まったくなかった。

だけどさ……！

「けど、千鶴《ちづる》がほかの子《こ》と仲《なか》よくしてたって、べつによくない？　中学生《ちゅうがくせい》になって、新《あたら》しい友《とも》だちができるのはふつうのことでしょ？」

「そうなんだけどね。仲《なか》がよかった大事《だいじ》な友《とも》だちが、知《し》らない人《ひと》となかよくなってるのってさ。……遠《とお》くにいっちゃったみたいに感《かん》じることもあるよ」

そういえば。

香鈴《かりん》は少《すこ》し前《まえ》まで、弟《おとうと》のリュウくんのめんどうをみるのに時間《じかん》をとられて、あまり遊《あそ》べなかった時期《じき》があったっけ。

だれも香鈴《かりん》を仲間《なかま》はずれにしてたわけじゃないけど、あのときの香鈴《かりん》はさみしそうだった。

千鶴《ちづる》の友《とも》だちも、それと同《おな》じなのかも。

わたしは、もし小学校《しょうがっこう》のころの友《とも》だちが知《し》らない人《ひと》となかよくしてても、たぶん平気《へいき》。

でも、同《おな》じように感《かん》じない子《こ》もいるよね。

話《はなし》を聞《き》いて、千鶴《ちづる》が片手《かたて》で前髪《まえがみ》をかきあげる。

「だとしたら……あたし、わるいことしたなあ」

「まってよ。もしその子《こ》がそう感《かん》じてたとしても、千鶴《ちづる》はわるくないよ！」

憂《うれ》い顔《がお》になる千鶴《ちづる》を、はげまさずにいられない。

だって、見《み》てられないもん。

「その子《こ》だってきっと、千鶴《ちづる》を怒《おこ》ったりキライになったりしたわけじゃないんじゃないかな？」

「わたしもそう思《おも》う。きっと、タイミングがわるかっただけだよ」

そう。だれもわるくなくても、気持《きも》ちがすれちがうことだってあるよね。

「どうしても気《き》になるなら、その子《こ》にメッセージを送《おく》ったら？　もしかしたら、向《む》こうも気《き》にしてるかも」

「そうだよ。ケンカしたわけじゃないんだから、あんがいまたすぐに、話《はな》せるかもしれないし。急《きゅう》にいっちゃったのだってもしかしたら、急《いそ》ぎの用事《ようじ》を思《おも》いだしたのかもしれないじゃない」

「あ、その説《せつ》もある！」「でしょ」

わたしと香鈴《かりん》は、口々《くちぐち》にアイディアを出《だ》していき。

すると、千鶴《ちづる》がクスクス笑《わら》いだした。

「そうだね……2人《ふたり》とも、一生懸命考《いっしょうけんめいかんが》えてくれて、ありがと。今夜《こんや》にでも、連絡《れんらく》してみるよ」

よかった、千鶴《ちづる》の顔《かお》に笑顔《えがお》がもどった。

ちゃんと誤解《ごかい》がとけて、気持《きも》ちがつうじたらいいね。

おたがいキライになったわけでもないのにギクシャクしたままそれっきりになるんじゃ、悲《かな》しいもん。

それにしても……。

「友《とも》だちが自分《じぶん》の知《し》らないうちに、知《し》らない人《ひと》となかよくなってたら」かあ……。

わたしの頭《あたま》に、あの、東條雷《とうじょうらい》くんの顔《かお》がうかぶ。

あの人《ひと》、やけにわたしにつっかかってきたけど。もしかしたらそういうことだったのかも？

クルミくんのことを取《と》られたと思《おも》って、気《き》に食《く》わなかったとか。

カッコつけてるくせに、あんがい子《こ》どもっぽいんだね……なんて皮肉《ひにく》を言《い》いたくなっちゃうけど。

もしクルミくんをとられてさみしいって思《おも》っていたのなら、ちょっと気持《きも》ちわかるし。

あのときは感《かん》じわるいって思《おも》ったけど、ゆるしてあげてもいいかも。

また会《あ》うことがあるかはわからないけど、もしもまた会《あ》ったらそのときは、ちゃんと話《はな》してみようかな？

なんて考《かんが》えていたら。

バスケコートの中《なか》から、「うおーーーー！」って声《こえ》が上《あ》がった。

「おーい、火花《ひばな》ー！　いまのシュート、ちゃんと撮《と》ってくれたかー！」

見《み》ると星野《ほしの》が、こっちに手《て》を振《ふ》ってる。

あっ。

「ごめーん！　見《み》てなかった！」

「おいっ！　まさかだれも撮《と》ってなかったとか言《い》わねーよな⁉」

星野《ほしの》は叫《さけ》んだけど、わたしたちは無言《むごん》で顔《かお》を見《み》あわせる。

ごめんね、星野《ほしの》。

アオハルチャレンジに使《つか》えそうな写真《しゃしん》やムービーは、べつにあるから、それでガマンしてね。

# 5 マジで⁉ おさそいの相手《あいて》は…

夜《よる》になって。

お風呂《ふろ》から上《あ》がってリビングにいくと、お兄《にい》がソファーに座《すわ》ってアイスを食《た》べていた。

「あ、お兄《にい》ズルい！」

「なんだ、お前《まえ》もほしいのか？ 冷蔵庫《れいぞうこ》にまだあったから、持《も》ってこいよ」

そうする。

最近暑《さいきんあつ》さがキツくなってるけど、だからこそお風呂上《ふろあ》がりのアイスは至福《しふく》なんだよね〜。

キッチンにいって、棒《ぼう》つきのアイスキャンディーを取《と》ってもどってくると、お兄《にい》はテーブルにスマホをおいて、動画《どうが》を見《み》ていた。

「なに見《み》てるの？」

「ダンスの動画《どうが》だよ。今度文化祭《こんどぶんかさい》で、チームでダンスを踊《おど》るんだ。だからその勉強《べんきょう》」

へー。

文化祭《ぶんかさい》ってたしか秋《あき》だったと思《おも》うけど、もう用意《ようい》してるんだ。

お兄《にい》とそろってアイスをかじりながら、高校《こうこう》の文化祭《ぶんかさい》ってどんなだろうって考《かんが》える。

わたしは中学《ちゅうがく》の文化祭《ぶんかさい》もまだ経験《けいけん》してないけど。

おばけ屋敷《やしき》とか食《た》べ物屋《ものや》さんをしたりと、なんか楽《たの》しそうなイメージ。

そうだ、文化祭《ぶんかさい》のシーズンになったら、#文化祭《ぶんかさい》をエンジョイする　ってお題《だい》を出《だ》そうかな。

秋《あき》まで忘《わす》れないでおこう。

「それで？　お兄《にい》たちはどんなダンス踊《おど》るの？」

「まだ決《き》まってねーんだ。メンバーで意見《いけん》が割《わ》れててな。それでいろんな動画《どうが》を見《み》て、意見《いけん》を出《だ》しあうことになったんだよ……ん？　ここに映《うつ》ってるのって、となり町《まち》の公園《こうえん》か？」

スマホを見《み》ながら、驚《おどろ》くお兄《にい》。

わたしものぞきこんでみると、そこに映《うつ》っていたのは…………げ、東條《とうじょう》くん!?

この前会《まえあ》った東條《とうじょう》くんが、そこにいたの！

ビックリして思《おも》わず、口《くち》の中《なか》で大事《だいじ》にころがしてたアイスのかたまりを飲《の》みこんじゃった。

冷《つめ》たっ！

東條《とうじょう》くんは音楽《おんがく》にあわせて、キレッキレのダンスをしている。

すごっ！

わたしはダンスにはあまりくわしくないけど、激《はげ》しく足《あし》を振《ふ》りあげたり回転《かいてん》したりしてるのに、リズムを絶対《ぜったい》にはずさない。

これって、めちゃくちゃ体幹《たいかん》が強《つよ》い人《ひと》の動《うご》きだ……！

東條《とうじょう》くんのダンスはこれまでも見《み》たことあるけど、改《あらた》めて見《み》ると感動《かんどう》しちゃうな。

すると、お兄《にい》も感心《かんしん》したように言《い》う。

「こんなに踊《おど》れるやつ、高校《こうこう》にもいねーよ。近《ちか》くにこんなやついるんだなあ。しかもコイツ、まだ小学生《しょうがくせい》かよ」

ん？　小学生《しょうがくせい》？

「なら、この動画《どうが》、ちょっと古《ふる》いやつだよ。東條《とうじょう》くん、わたしと同《おな》い年《どし》だもの」

「ん？　なんだほむら、コイツのこと知《し》ってるのか？」

「ま、まあね」

この前《まえ》、この人《ひと》と会《あ》って話《はな》したって言《い》ったら、お兄《にい》はどう思《おも》うかなあ？

なんて思《おも》っていると、テーブルにおいてあったわたしのスマホが、ピコンと鳴《な》った。

確認《かくにん》してみると……あっ。クルミくんからメッセージだ！

とつぜんごめん。明日《あした》の放課後《ほうかご》、なにか予定《よてい》ある？

「え、どうしたんだろ」

「ん、なんだ？」

「えーと……な、なんでもない。わたし、もう部屋《へや》いくから、ダンスの勉強《べんきょう》がんばってね～」


残《のこ》りのアイスを、がぶがぶって食《た》べ終《お》えると、わたしは自分《じぶん》の部屋《へや》にいって、もう一度《いちど》メッセージを見《み》てみる。

明日《あした》の放課後《ほうかご》の予定《よてい》って……。

文面《ぶんめん》を見《み》ると、遊《あそ》びにさそわれてるみたいだけど、クルミくんがわたしをさそうなんて!?

と、とにかくなにか返事《へんじ》をしないと。

大丈夫《だいじょうぶ》だけど、どうしたの？

この前《まえ》Colorful《カラフル》で会《あ》った、雷《らい》って覚《おぼ》えてる？
雷《らい》が、火花《ひばな》さんもさそってカラオケいこうって言《い》ってるんだけど

「はあぁ？　東條《とうじょう》くんが!?　わたしもさそおうって!?」

なにそれ。こわい。

この前《まえ》会《あ》ったときは、あんなにわたしを敵視《てきし》してたのに……？

東條《とうじょう》くんがクルミくんをカラオケにさそうのはわかるけど、なんでわたしまで？

それって、３人《にん》で？　それとも、ほかにだれかくる？

３人《にん》だけ。けど火花《ひばな》さん、無理《むり》しなくていいよ

う、うーん、どうしよう。

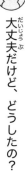

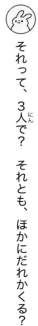

東條《とうじょう》くんと2人《ふたり》きりっていうなら、気《き》まずい。
だけど、3人《にん》って言《い》うなら……これはまたべつの戦《たたか》いになりそう。
東條《とうじょう》くんが何《なに》を思《おも》って、わたしまでさそったかは知《し》らないけど……。

いいよ。いこう、カラオケ

ありがとう。雷《らい》には、オレから伝《つた》えておくよ。それじゃあ、また明日《あした》

うん。おやすみなさ~い

メッセージを送信《そうしん》して、ふうっと息《いき》をつく。
だって、これは断《ことわ》れないじゃない!?
小学校時代《しょうがっこうじだい》の「親友《しんゆう》」VS《ブイエス》・中学《ちゅうがく》の友《とも》だちNo.《ナンバー》1《ワン》(今《いま》のところ)のあたし。
かんたんには、引《ひ》き下《さ》がれないでしょ!
明日《あした》のことを考《かん》えるとドキドキして、この夜《よる》は、なかなか眠《ねむ》れなかった。

# 6 遠慮無用《えんりょむよう》の真剣《しんけん》バトル☆

「も〜ちもちもちもちもちウサギ〜！　も〜ちもちもちもちもちウサギ〜！」

カラオケ店《てん》の一室《いっしつ》。

声《こえ》を張《は》りあげて歌《うた》っているのは、わたしがSNSのアイコンにも使《つか》っているキャラクター「もちウサギ」のアニメテーマソング。

放課後《ほうかご》。わたしとクルミくんは、いったん家《いえ》に帰《かえ》って着替《きが》えたあと、同《おな》じく学校《がっこう》が終《お》わった東條《とうじょう》くんと待《ま》ちあわせして、駅前《えきまえ》にあるカラオケにきていた。

あ、千鶴《ちづる》がアオハルチャレンジで紹介《しょうかい》していた、あのソフトクリーム食《た》べ放題《ほうだい》のカラオケ店《てん》ね。

すぐそばでは、クルミくんと東條《とうじょう》くんが、まじめな顔《かお》でわたしの歌《うた》をきいてる……けど……。

もちウサギの歌《うた》を、こんなに全力《ぜんりょく》で歌《うた》ったのなんて、いつぶりかなあ？

そもそも小《ちい》さい子《こ》むけのアニメだったから、わたしもカラオケで歌《うた》ったのは、今日《きょう》がはじめて。

なら、なぜそんな歌《うた》を選《えら》んだのか？

それは……っ。

わたしが歌《うた》える中《なか》で、クルミくんが知《し》ってる歌《うた》がほとんどなかったからだよ——っ！（涙《なみだ》）

カラオケにきてわかったんだけど、クルミくんはわたしがいつも歌《うた》う、J-POP《ジェイポップ》系《けい》の歌《うた》を、ほとんど知《し》らなかったの！

東條《とうじょう》くんが踊《おど》るときに使《つか》ってる曲《きょく》は一応《いちおう》知《し》ってたけど、それはとうぜん、東條《とうじょう》くんのもち歌《うた》。

わたしが歌《うた》うのは、なんだかくやしい。

けど、せっかく歌《うた》うなら、クルミくんも知《し》ってる歌《うた》のほうがいいと思《おも》って、選《えら》んだのがこのもちウサギの歌《うた》だったってわけ。

子《こ》どもっぽいかなーって思《おも》ったけど、いいんだもん！

もちウサギ好《す》きだし！

よけいなことは極力考《きょくりょくかんが》えないで、全力《ぜんりょく》で歌《うた》うことにした！

**「も〜ちもちもちもちもちウサギ〜！　も〜ちもちもちもちもちウサギィ〜〜〜〜〜〜センキュー！」**

最後《さいご》の絶唱部分《ぜっしょうぶぶん》と決《き》めゼリフが終《お》わって。

さあっどうよっ！　歌《うた》いきってやったぜっ！！！

パチパチパチパチ！

クルミくんが熱心《ねっしん》に拍手《はくしゅ》してくれてる。

「上手《じょうず》……火花《ひばな》さん、歌《うた》うまいね！」

「そ、そう？　ありがと……」

「それにすごく楽《たの》しそうだった。じつはもちウサギの歌《うた》って、オレたちも小学校《しょうがっこう》のころに学校《がっこう》の合唱《がっしょう》コンクールで歌《うた》ったんだ。そのときのこと思《おも》いだしたよ」

ええっ、合唱《がっしょう》コンクールで、もちウサギの歌《うた》を？

これってそもそも、合唱向《がっしょうむ》きの歌《うた》じゃないのに!?

でもめずらしいけど、うらやましい。

クルミくんは喜《よろこ》んでくれたけど、——問題《もんだい》は、東條《とうじょう》くんの反応《はんのう》だ。

子供《こども》っぽいって笑《わら》われないかが心配《しんぱい》だけど、東條《とうじょう》くんに目《め》をむけてみると……。

むむ、顔《かお》をふせて肩《かた》を震《ふる》わせているじゃないの。

この反応《はんのう》……もしかして、失笑《しっしょう》してるっ!?

けど、顔《かお》を上《あ》げた東條《とうじょう》くんは……。

「まさかもちウサギの歌《うた》でくるとは……………………お前《まえ》、やるじゃねーか」

ええっ、やるんだ!?

東條《とうじょう》くんの基準《きじゅん》はよくわからないけど、ほめてくれるなんて意外《いがい》。

「マイク貸《か》せ。次《つぎ》はオレが歌《うた》う！　もちウサギなんて、けちらしてやる！」

いや、べつにアナタ、もちウサギと戦《たたか》ってるわけじゃないから！

けど東條《とうじょう》くん、言《い》うだけのことはあって、ダンスをするときに使《つか》ってるリズム激《はげ》しめの歌《うた》を、見事《みごと》に歌《うた》いきった。

歌《うた》ってるうちに、自然《しぜん》に身体《からだ》も踊《おど》っちゃうらしくて……

くやしいけど、まるで、アイドルグループのメンバーみたいに決《き》まってた。

もちろん、絶対《ぜったい》に口《くち》には出《だ》さないけどね！

そして次《つぎ》。

クルミくんが歌《うた》ったのは――な、なんと、『Colorful《カラフル》』でBGM《ビージーエム》に流《なが》れていた、英語《えいご》の歌《うた》！

わたしは洋楽《ようがく》にはくわしくないけど、きいていると自然《しぜん》とメロディがうかぶような、有名《ゆうめい》な曲《きょく》。

それにクルミくんのやわらかめの高《たか》い声《こえ》が、すごく耳当《みみあ》たりがいいの。

ききほれていると、東條《とうじょう》くんがこっちに顔《かお》をよせて、ささやいてくる。

「どーだ、うまいだろ。ユウは小学校《しょうがっこう》のころ、合唱《がっしょう》コンクールでソロパートをまかされたこともあるんだぜっ」

なんかすごい、自慢顔《じまんがお》。

「へえー、そうなんだ……って、どうしてそれで東條《とうじょう》くんがいばってるの？」

「決《き》まってるだろ。オレがユウの親友《しんゆう》だからだ！」

東條《とうじょう》くんの理屈《りくつ》はさっぱりわからなかったけど、とにかくいい声《こえ》。

歌《うた》い終《お》わると、わたしも、めいっぱい拍手《はくしゅ》をした。

「クルミくん、いい声《こえ》だね〜！」

「そうでもないよ。それに、意識《いしき》してないと、すぐに声《こえ》が小《ちい》さくなるんだ」

なるほど。

それで音楽《おんがく》の授業《じゅぎょう》で歌《うた》っても、だれもクルミくんの声《こえ》のよさに気《き》づかなかったんだね。

「クルミくんって、洋楽《ようがく》とか好《す》きなの？」

「好《す》きって言《い》うか、あの手《て》の歌《うた》は、よくきいてたから」

「じいちゃんばあちゃんの影響《えいきょう》だよな。ユウだけじゃなくて、ねーちゃんも持《も》ち歌《うた》だろ」

なるほど、納得《なっとく》。

……けど待《ま》って？　いま、東條《とうじょう》くんが気《き》になること言《い》ってなかった？

「東條《とうじょう》くん、『ねーちゃん』って!?」

「決《き》まってるだろ。ユウのねーちゃんだよ」

「ええっ!? クルミくんって、お姉《ねえ》さんがいるの!?」

「なんだ、知《し》らなかったのか？ さすがニワカだな」

ニワカって！

だってクルミくん、あんまり自分《じぶん》のこと話《はな》してくれないんだもん。

洋楽《ようがく》が好《す》きなことも、お姉《ねえ》さんがいることも知《し》らなかったけど、東條《とうじょう》くんは知《し》ってるのか～。

うう、クルミくんのいまの一番《いちばん》の友達《ともだち》はわたしだーって、張《は》りあおうとしたけど。

わたしって、クルミくんのこと、ぜんぜん知《し》らないのかも？

ううん、いいや。

これから知《し》っていけばいいんだから！

「それにしても。歌《うた》うと暑《あつ》くなるね」

「ジュースでも注文《ちゅうもん》する？」

「それよりここ、ソフトクリーム食《た》べ放題《ほうだい》なんだろ。せっかくだから、持《も》ってきたらどうだ？」

東條《とうじょう》くんの言《い》うとおり、部屋《へや》を出《で》て少《すこ》しいったところにソフトクリームの機械《きかい》がおいてあって、自由《じゆう》にとってきていいんだ。

「じゃあ、ちょっといってくる。３人《にん》ぶん持《も》ってこようか？」

「あ、だったらわたしも……」

「いいよオレ1人《ひとり》でだいじょうぶだから、火花《ひばな》さんはゆっくりしてて」

クルミくんが出《で》ていって、部屋《へや》の中《なか》に、東條《とうじょう》くんと２人《ふたり》。

「「…………」」

微妙《びみょう》な空気《くうき》が流《なが》れる。

けどいい機会《きかい》だし、わたしは気《き》になってたことをきいてみた。

「ねえ、今日《きょう》はどうして、どうしてわたしをさそったの？　わたしがいたらジャマじゃない？」

この間《あいだ》は、あんなにかみついてきたくせに。

すると、東條《とうじょう》くんは、バツがわるそうな顔《かお》になった。

「……いや。この前《まえ》、ユウといたところに割《わ》りこんで、ジャマしちまったからな」

「『Colorful《カラフル》』で会《あ》ったとき？　え、それが理由《りゆう》なの!?」

「ああ。あのときは、さすがに態度《たいど》わるすぎた。ユウからも、お前《まえ》にあやまれってしっかりクギをさされちまったし……オレも頭《あたま》を冷《ひ》やしたら、あれはなかったなと思《おも》ったから。お前《まえ》に借《か》り作《つく》ったままなのもイヤだしな……でも、これで貸《か》し借《か》りなしだ！」

と東條《とうじょう》くんが、いろいろ言《い》った最後《さいご》にきっぱり宣言《せんげん》する。

「それとさ、『東條《とうじょう》くん』って呼《よ》ぶの、やめてくれねーか。くすぐったくてしかたねー」

「えっ？　じゃあ、なんて呼《よ》べばいいの？」

「フツーに『ライ』でいいよ。みんなそう呼《よ》んでるし」

名前《なまえ》呼《よ》び!?

まあ東條《とうじょう》くんがそうしてほしいなら、べつにいいけど。

「わかったよ。そういえばライのダンス動画《どうが》見《み》たよ。といっても、お兄《にい》が見《み》てたのを横《よこ》からだけど」

「お、そうか？　どうよオレのダンスは」

「ううっ、くやしいけど、すごいね。それに、小学生《しょうがくせい》のころからやってるんだね」

「なに言《い》ってんだ、あたりまえだろ。小学生《しょうがくせい》どころか、幼稚園《ようちえん》のときからやってるっつーの」

「えーっ、幼稚園《ようちえん》!?」

もちろん、当時《とうじ》はいまほどキレキレじゃなかったとは思《おも》うけど、わたしがおゆうぎ会《かい》で踊《おど》っていた「もちウサギのダンス」とは、次元《じげん》がちがってたんだろうなあ。

「そんな早《はや》くからダンスやってるんだね」

「オレらの間《あいだ》じゃ、フツーだよフツー。幼稚園《ようちえん》のころからピアノ習《なら》ってたり、英会話習《えいかいわなら》ってたりするやつだっているだろ。それと同《おな》じだ」

あ、なるほど。

ライよりは遅《おそ》いけど、わたしも小学校《しょうがっこう》に入《はい》ってすぐ、お兄《にい》のマネしてスケボーやりはじめたし、そんなもんなのかも。

けど、そんなに早《はや》くからダンスづけだったのなら……。

「ねえ、クルミくんとは、なにきっかけで仲《なか》よくなったの？」

なんとなくだけど、ダンスをやってる子《こ》って、はなやかなイメージがある。

現《げん》にライは、ダンス動画《どうが》が何万回《なんまんかい》も再生《さいせい》されている、インフルエンサーだものね。

対《たい》してクルミくんは、そういったクラスのノリに関《かか》わろうとするタイプじゃない。目立《めだ》たずに、自分《じぶん》の世界《せかい》を大事《だいじ》にしてるタイプ。

決《けっ》してどっちがいいってわけじゃないけど、まるっきりタイプのちがう2人《ふたり》。どこに接点《せってん》があったのか、まるで想像《そうぞう》つかないよ。

「ユウとのきっかけ？　あー、まあ……いろいろあってな」

「いろいろってなによー！」

そんなもったいつけた言《い》い方《かた》されると、ますます気《き》になるよ！

だけど、ちょうどそのとき、部屋《へや》のドアがコツコツって叩《たた》かれた。

「ここ開《あ》けてー。手《て》がふさがってるんだ」

「あ、ちょっと待《ま》って」

ドアを開《ひら》くと、クルミくんが両手《りょうて》でソフトクリームのカップを３つ持《も》っていた。

「はい、火花《ひばな》さんのぶん。こっちは雷《らい》のね」

「ありがとう」「サンキュー」

ソフトクリームには、チョコシロップと、カラフルなチョコスプレーまでかけてある！

クルミくんってば、仕事《しごと》がていねい！

ソフトクリームを受《う》け取《と》って口《くち》に運《はこ》ぶと、甘《あま》さと冷《つめ》たさが広《ひろ》がっていく。

おいし〜〜〜！

――クルミくんとライがなかよくなった理由《りゆう》は、ききそびれちゃったけど。

まあいいや、わたしとクルミくんがはじめてしゃべったときの話《はなし》も、おしえてあげないんだから。

「ユウ、これ食《く》い終《お》わったら、今度《こんど》はデュエットしようぜ」

「いいよ。歌《うた》はなんにする？」

男子《だんし》2人《ふたり》はソフトクリームを食《た》べながら、次《つぎ》の歌《うた》を選《えら》びはじめてる。

クルミくんとデュエットかあ。

わたしもやりたいけど、もち歌《うた》のレパートリーがぜんぜんちがいすぎだね。

**「ふっ、わるいな。デュエットはオレの特権《とっけん》だ」**

「なっ⁉」

まるで心《こころ》を見透《みす》かしたみたいに、ライがイジワルそうに笑《わら》う。

このー！　さっき借《か》りを返《かえ》すって言《い》ってなかったっけー？

ひょっとして、カラオケにさそった時点《じてん》で、わりこんだことについては、チャラ。

あとは遠慮《えんりょ》なくマウント取《と》るってことー⁉

「だったらそのあとはわたしと、どっちが点数出《てんすうだ》せるか、勝負《しょうぶ》だよ！」

「いいぜ。望《のぞ》むところだ！」

ちょっとは仲《なか》よくできるかと思《おも》ったけど、結局《けっきょく》バチバチ。

クルミくんはそんなわたしたちを見《み》ながら「仲《なか》いいねえ」って言《い》ったけど……。

**「よくないから！」「よくねーよ！」**

歌《うた》ってもいないのに、わたしたちの声《こえ》はみごとにハモった。

## 7 その質問《しつもん》は、地雷《じらい》です！

ライとのカラオケ対決《たいけつ》は、大激戦《だいげきせん》のすえ、わたしが勝利《しょうり》をおさめた。
点差《てんさ》は、０・３点《てん》という接戦《せっせん》だったけど、ふふん。
勝《か》ちは勝《か》ちだもん！
ライはくやしそうに「次《つぎ》だ！　次《つぎ》は絶対《ぜったい》に負《ま》けねーからな！」なんて言《い》ってたけど。
ふぁーっふぁっふぁっ、そのときも返《かえ》り討《う》ちにしてやるわー！
そんなわけで、これでもかーってくらい歌《うた》った次《つぎ》の日《ひ》。
のどはまだガラガラだったけど、まだ楽《たの》しい気分《きぶん》が残《のこ》ってる。
今度《こんど》は千鶴《ちづる》や香鈴《かりん》をさそってもいいかもー。
なんて考《かんが》えながら、わたしは学校《がっこう》にやってきたんだけど……。
「おはよ、千鶴《ちづる》。香鈴《かりん》」

「あ、ほむら……」

教室《きょうしつ》に入《はい》って、先《さき》にきていた千鶴《ちづる》たちにあいさつをしたけど……

2人《ふたり》がなにやら複雑《ふくざつ》な顔《かお》で、こっちを見《み》る。

え、わたしの顔《かお》になにかついてる？

見《み》ると千鶴《ちづる》だけじゃなく、そのまわりにいたクラスメイトみんなが、わたしに目《め》をむけてるんだけど……。

すると、その中《なか》から星野《ほしの》が声《こえ》をあげた。

「おい火花《ひばな》、昨日《きのう》なにがあったんだよ!?」

「え？　き、昨日《きのう》って……」

「ほら、これだよこれっ！」

星野《ほしの》がつき出《だ》してきたスマホの画面《がめん》に映《うつ》っていたのは……。

「えーーっ！　なにこれーー!?」

わたしとライが、並《なら》んだツーショット!?

うしろにぼんやりうつってるのは、昨日《きのう》のカラオケ店《てん》。

え、お店《みせ》から出《で》たところを、だれかに撮《と》られてたってこと!?

「なあ、火花《ひばな》のとなりにいるコイツってインフルエンサーのライだよな？　知《し》りあいだったのか？」

「え、ええと……それよりこれ、だれが撮《と》ったの？」

「となりのクラスのバスケ部《ぶ》のやつだよ。火花《ひばな》がライと2人《ふたり》でいるのを見《み》かけて、撮《と》ったって」

2人《ふたり》!?

いやいやいや、このときクルミくんも、いっしょにいたから！

この写真《しゃしん》では見《み》きれてるけど、画面《がめん》のもうちょい右側《みぎがわ》に、いたんだよ――！

なのに、ライと2人《ふたり》だと思《おも》われたなんて。

なに？　クルミくんはあのとき、透明人間《とうめいにんげん》にでもなってたの!?

「なあなあ火花《ひばな》、マジでライと付《つ》きあってんの？」

えっ！

「なんでそんな話《はなし》になるの!?」

「だって、みんな書《か》きこんでるし。いっしょにいるのはライの彼女《かのじょ》だろって」

**「はあっ!?」**

思《おも》わず声《こえ》がひっくりかえりそうになって、あわてておさえる。

「付《つ》きあってる」って言葉《ことば》に、いちいち逆上《ぎゃくじょう》するクセ、よくないよね。

いっしょに写《うつ》ってるだけの写真《しゃしん》から、話《はなし》が広《ひろ》がりすぎ！

それに、書《か》きこんでるってどこによ!?

わたしがきこうとしたそのとき、まわりにいただれかが言《い》いだした。

「千鶴《ちづる》は知《し》ってたの？　千鶴《ちづる》、ライのダンス動画《どうが》もよく見《み》てたよね？」

**ドキッ**と、心臓《しんぞう》が飛《と》びあがる。

そうだった、千鶴《ちづる》はライのファンだったんだ――！

わたしとライが付《つ》きあってるっていうのは、完全《かんぜん》にデマだけど。

ライと知《し》りあったことは、伝《つた》えてなか

った。

千鶴《ちづる》、気《き》をわるくしてないかなあ……？

青《あお》ざめながら様子《ようす》をうかがうと、千鶴《ちづる》は呆《あき》れたように、はぁ——っと、大《おお》きくため息《いき》をついた。

「ほむらとライのことは、今《いま》はじめて知《し》ったよ」

「え、ほむら、千鶴《ちづる》にも言《い》ってなかったの？　友《とも》だちなのに？」

「いや、それは……」

「——ストップ。友《とも》だちだからって、だれと会《あ》ったかいちいち報告《ほうこく》しなきゃいけないわけじゃないでしょ。というか、あたしはライのダンスが好《す》きなだけで、交遊関係《こうゆうかんけい》にまで首《くび》をつっこんだりはしないし」

「千鶴《ちづる》……」

言《い》いはなつ千鶴《ちづる》は、すごくクール。

でも、怒《おこ》るどころかフォローしてくれたことに、すごくホッとする。

「そんなことより！　だれかが勝手《かって》にほむらたちの写真《しゃしん》を撮《と》ってネットにあげたことのほうが大《だい》問題《もんだい》でしょ!?　ほむらは写真撮《しゃしんと》られてたこと、知《し》らなかったんだよね？」

と、**ビシッ**とまわりににらみをきかせて、こおりつかせる。

「うん。いま知《し》って、ビックリしたんだから」

「星野《ほしの》っ！　あんた、そんな写真《しゃしん》なにダウンロードしてるの？　まさか拡散《かくさん》してないよね？」

「し、してねーよ！　気《き》になったから、ちょっと保存《ほぞん》しただけだって。話《はな》きいたら、消《け》すつもりだったさ……」

「ほんとにぃ？」

千鶴《ちづる》は疑《うたが》わしそうな顔《かお》だけど、いやもう、あまり責《せ》めないであげよう！

けど、千鶴《ちづる》の言《い》うことは、もっとも。

勝手《かって》に写真《しゃしん》を撮《と》るのも、ネットにあげるのも、絶対《ぜったい》マナー違反《いはん》だよね！

「ねえ星野《ほしの》、この写真《しゃしん》、バスケ部《ぶ》の人《ひと》が撮《と》ったって言《い》ってたよね。画像《がぞう》を削除《さくじょ》するよう、お願《ねが》いしてくれる？」

とわたしがたのむと、星野《ほしの》はすぐに、

「だな。よし、オレにまかせとけ」

「マジでたのむよ、星野《ほしの》？　もしもそいつが駄々《だだ》こねるようなら、弁護士《べんごし》やってるあたしのおじさんに相談《そうだん》するぞって言《い》って」

と、千鶴《ちづる》がさらに、**ビシッ！**

もちウサギの SNSまめちしき
人《ひと》のポストを、みんなに見《み》てもらいたいって思《おも》ったとき、自分《じぶん》のアカウントで再投稿《さいとうこう》することを「リポスト」と言《い》うもち。みんなの注目《ちゅうもく》が集《あつ》まるような内容《ないよう》のポストだと「拡散《かくさん》」って言《い》われることもあるもち。

もちウサギの SNSまめちしき
その人《ひと》に確認《かくにん》せずに写真《しゃしん》を撮《と》ることも、それを勝手《かって》にネットに上《あ》げることもマナー違反《いはん》……っていうか、法律違反《ほうりついはん》になることもあるから、かるい気持《きも》ちでやっちゃダメもちよ〜。

「おう……って、千鶴《ちづる》、おまえ弁護士《べんごし》のおじさんがいるのか？」

「それくらい言《い》ったほうが、盗撮《とうさつ》なんてしなくなるでしょ！」

さ、さすが千鶴《ちづる》、たよりになるよ。

………けど。

いっしょにいただけで、写真《しゃしん》を撮《と》られてさわがれちゃうなんて。

ライって本当《ほんとう》に、知《し》ってる人《ひと》にとっては、超有名《ちょうゆうめい》なインフルエンサーなんだなあ。

もしわたしといっしょにいたのが、べつのだれかだったら、盗撮《とうさつ》なんてされなかったはず。

ただの中学生《ちゅうがくせい》がいっしょにいるだけの写真《しゃしん》なんて、話題《わだい》にもならないもんね。

「それはそうと、結局《けっきょく》なんで、火花《ひばな》はライといっしょにいたんだ？」

ドキッ
「こら星野《ほしの》、あんたまたそういう詮索《せんさく》を……」

「だってよう。やっぱ気《き》になるじゃん！　ライってそこそこ有名人《ゆうめいじん》だし、知《し》りあいだったらスゲーだろ」

あーそうなるよね、えーとえーと。

「……えっと。たまたまライが財布《さいふ》を落《お》としたのを、わたしが見《み》かけて、声《こえ》をかけただけ！　そこを撮《と》られたんじゃないかなあ」

うー、ついウソついちゃったけど。

まさかここで「じつはライといっしょにカラオケしてました☆」なんて言《い》ったら、また大騒《おおさわ》ぎになっちゃう。

さいわい、星野《ほしの》もほかのみんなも「なんだ火花《ひばな》、親切《しんせつ》かよ」ってすぐに納得《なっとく》してくれて、ホッと胸《むね》をなで下《お》ろす。

それにしても……こんな騒《さわ》ぎになってるってことは、もしかしたらライは、もっといろいろ言《い》われちゃってるんじゃ？

さっき星野《ほしの》が、わたしのことをライの彼女《かのじょ》みたいに言《い》ってる書《か》きこみが――って言《い》ってたっけ。

どうしよう、こっちの騒動《そうどう》は収《おさ》まったけど、ライのほうが心配《しんぱい》になってきたよ！

# 8 人《にん》気《き》者《もの》もラクじゃない？

その日《ひ》の昼休《ひるやす》み。

わたしは写真部《しゃしんぶ》の部室《ぶしつ》にいって、クルミくんに、今朝《けさ》のことを話《はな》した。

「——というわけで、なんとか誤解《ごかい》は解《と》けたし、盗撮《とうさつ》した人《ひと》にも注意《ちゅうい》してもらうことになったんだけどね」

「大変《たいへん》なことになってたんだね。オレ、ぜんぜん知《し》らなくて……」

と、心配《しんぱい》そうな顔《かお》をするクルミくん。

あの話《はなし》をしてたときは、まだ登校《とうこう》してなかったんだよね。

「みんなちゃんとわかってくれたし、わたしは平気《へいき》。でもライがちょっと心配《しんぱい》でさ……」

ため息《いき》をつきながら、わたしはスマホをながめる。

画面《がめん》に表示《ひょうじ》しているのは、ライのＳＮＳ。

「ダンサー・ライ」のアカウントは、ダンス動画《どうが》だけじゃなくて、いまハマってるお菓子《かし》とか、好《す》きなマンガの紹介《しょうかい》とか、けっこう幅広《はばひろ》い内容《ないよう》をポストしてて。

ライが顔出《かおだ》ししてることもあって、いつも♥がたくさん。

でも今日《きょう》は、やけにとがったコメントが、ちらほらついてるんだよね。

[女《おんな》の子《こ》といっしょの写真見《しゃしんみ》ました。どういう関係《かんけい》ですか？]

[彼女《かのじょ》がいたなんて、ガッカリです]

とか。

うわあ……これってもしかしなくても、わたしとの写真《しゃしん》が原因《げんいん》でファンがさわいでるんだよね。

でもさ、わざわざ「ガッカリ」なんてコメントをつけるのって、ひどくない？

この人《ひと》たちが勝手《かって》に勘《かん》ちがいしてるだけじゃん！

誤解《ごかい》の元《もと》になったポストは、もう消《き》えてる。

だけどもう、けっこうな人数《にんずう》に見《み》られてたみたいで、全部《ぜんぶ》を消《け》すことは難《むずか》しいかも、って……。

こういうところ、ネットってこわい。

勝手《かって》にたてられたウワサや誤解《ごかい》を、否定《ひてい》しきれないなんて……。

そもそもライはプロのアイドルじゃないし、本当《ほんとう》に彼女《かのじょ》がいたとして、こんなふうに言《い》われるすじあいじゃないのにね。

「ライ、こまってないかなあ」

「ちょっときいてみる。オレも気《き》になるし」

クルミくんが自分《じぶん》のスマホで、メッセージを送《おく》ると、すぐにポン！　と返信《へんしん》がきた音《おと》がした。

ライの中学《ちゅうがく》も、昼休《ひるやす》みなんだろうな。

それから、何往復《なんおうふく》かやりとりをしてたクルミくんが、顔《かお》をあげてわたしにきいてくる。

「雷《らい》がメッセージのやりとりがまどろっこしいから、通話《つうわ》にしようって。火花《ひばな》さんとも話《はな》したいらしいんだけど、いいかな？」

「えっ？　うん」

すると、すぐに音声通話《おんせいつうわ》の着信《ちゃくしん》があった。

クルミくんは、わたしにもきこえるよう、スピーカーモードにする。

『ようユウ、わりぃな、気《き》ぃつかわせて。アイツもそこにいるか？』

って、ライの声《こえ》。

「いるよ、わたし。――なんか、えらいさわぎになってるね」

『あー、たまにあるよな、こういうこと。ま、しょうがねーよ。お前《まえ》なにか言《い》われてねーか？』


SNSに出《で》ちゃった情報《じょうほう》がまちがっていても、その誤解《ごかい》を解《と》くのは、かなり難《むずか》しいんだもち……。だからもし、SNS上《じょう》でびっくりするような情報《じょうほう》を見《み》ても、うのみにしたり、そのまま拡散《かくさん》したりせずに「もしかして本当《ほんとう》じゃない情報《じょうほう》かも？」って、心《こころ》にとめておくのも大《だい》事《じ》なこともち。

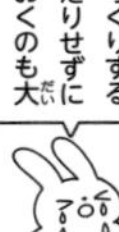

もちウサギの
SNSまめちしき

「ちょっと騒《さわ》がれたけど、すぐ鎮火《ちんか》できたよ。そっちは？　ＳＮＳにへんなこと書《か》かれてるけど」

『これくらい、なれてるよ。お前《まえ》やユウが気《き》にすることじゃねーって』

ライは、からっとした声《こえ》で言《い》うけど。

なれてるからって、平気《へいき》だとはかぎらないよね……？

わたしは元気《げんき》づけたくて、わざとあかるい声《こえ》で言《い》う。

「でも、こんなふうにさわがれるなんて、本当《ほんとう》に人気者《にんきもの》なんだね。うちの学校《がっこう》でも、ライのこと知《し》ってる子《こ》、たくさんいたよ。すっごいイケメンだって」

『…………オレはダンサーで、顔《かお》で売《う》ってるわけじゃないんだけどな』

と、ライの声《こえ》がちょっと、かげった。

表情《ひょうじょう》はわからないけど、ライが皮肉《ひにく》っぽく顔《かお》をしかめてるような気《き》がして……。

すると、クルミくんが横《よこ》から、きっぱりとした声《こえ》で言《い》う。

「――雷《らい》のダンスは最高《さいこう》だよ」

『ユウ……』

「イケメンって言《い》われるのは、きっと踊《おど》ってるすがたがカッコいいってことだよ。雷《らい》のダンスが見《み》たくてフォローしてる人《ひと》が、こんなにたくさんいるんだよ。雷《らい》の実力《じつりょく》だ」

クルミくんの声《こえ》には、熱《ねつ》がこもってる。

お世辞《せじ》とかじゃなく、本気《ほんき》で思《おも》ってるってこと、きっと電話《でんわ》のむこうにも伝《つた》わったみたい。

『ありがとな、ユウ。……まあ、オレもわるかったんだ。フォロワーが増《ふ》えるのがうれしくて、調子《ちょうし》にのってダンスじゃないポストも上《あ》げてたし。けど、オレがほしかったのはこれじゃなかったんだよな』

そんなふうに反省《はんせい》するライ。だけど。

フォロワーが増《ふ》えるのが気持《きも》ちいい！　って、すご――くわかる。

わたしも『青春仕掛け人《せいしゅんしかけにん》』のフォロワーが日《ひ》に日《ひ》に増《ふ》えてることに、ぞくぞくっとなるもの。

自分《じぶん》のこと知《し》ってる人《ひと》が、こんなにいる……って。

べつに、相手《あいて》はわたし自身《じしん》を知《し》ってるわけじゃないし、フォローしてくれる人《ひと》がだれかも、わからない。

だから「ぞくぞくっ」は、ちょっとしたスリル感《かん》もまざった気持《きも》ちよさ、なんだよね……。

『もう、ダンス以外《いがい》のポストはやめるかな。オレが目指《めざ》してるのはアイドルじゃない、ダンサーだって、なんかはっきりわかったから』

「そっか……あ、でもオレは、ダンス以外《いがい》の雷《らい》のポストも、けっこう好《す》きだよ？　おすすめマンが情報《じょうほう》とかのポスト、けっこう見《み》ちゃうし」

「なんだよーユウ、まよわせるなよー」

「あはは、ごめんごめん」

なんて、クルミくんとライがじゃれてるの、ほほえましいな。

『あ、そうだ。今日《きょう》の放課後《ほうかご》、新曲披露《しんきょくひろう》のライブ配信《はいしん》やるんだ。よかったら見《み》てくれよな』

え、ライブ配信《はいしん》って、そんなこともしてるんだ。

堂々《どうどう》と自分《じぶん》をさらけ出《だ》して配信《はいしん》するなんて。

すると、クルミくんも感心《かんしん》したように言《い》う。

「いままではそんなのやってなかったのに。雷《らい》、なんだかいろいろ活動《かつどう》してるね」

『まあな。オレはどんどん進化《しんか》してるんだから、新《あたら》しいことにも挑戦《ちょうせん》したいじゃねーか』

「雷《らい》は昔《むかし》からそうだよね。新《あたら》しいことに挑戦《ちょうせん》、かあ……すごいなあ」

「なに言《い》ってんだ。ユウだって、なんか計画《けいかく》してるんだろ？」

んっ？　計画《けいかく》って？　なになに、初耳《はつみみ》！

おもわず、パッとクルミくんを見《み》ると、なんだかあわてたみたいな顔《かお》をしてる。

そのとき、電話《でんわ》のむこうのライが、

『おっと、友《とも》だちが呼《よ》んでるから切《き》るわ。じゃあな、がんばろうぜ』

それだけ言《い》って、むこうから通話《つうわ》を切《き》った。

「………………」

「………………」

部室《ぶしつ》の中《なか》に、ちょっとぎこちないしずけさが拡《ひろ》がる。

うう……ライの言《い》ってた「計画《けいかく》」ってなんだろう。

話《はな》してもらえてないのは、やっぱ、付《つ》き合《あ》いの長《なが》さの差《さ》？　それとも……。

わたしが考《かんが》えこんでいると、クルミくんが少《すこ》し照《て》れたように、小《ちい》さく口《くち》を開《ひら》く。

「……火花《ひばな》さんには、もうちょっと考《かんが》えをまとめてから言《い》うつもりだったんだけどね。――

じつは、写真部《しゃしんぶ》のホームページをリニューアルしたいと思《おも》っているんだ」

あ、そうなの!?

「へえー、いいね。というか、この写真部《しゃしんぶ》にホームページがあったんだ？」

するとクルミくんは、苦笑《にがわら》いをうかべる。

「いちおうね。といっても、1年以上更新《ねんいじょうこうしん》されてなくて。ここ数ヶ月《すうかげつ》は、アクセス数《すう》0なんだ。

いま、部員《ぶいん》がオレだけになってるのも、そのせいかも」

う、たしかに。

わたしだったら、どんな部活《ぶかつ》かなーってのぞいたホームページの更新《こうしん》がずっと止《と》まってたら、入部《にゅうぶ》するのが不安《ふあん》になるかも。

「けど、どうしてとつぜん、リニューアルしようって思《おも》ったの？」

「ああ、うん、いままでは部員《ぶいん》が少《すく》なくても気《き》にしてなかったんだけど……仲間《なかま》が増《ふ》えたらいいかもって思《おも》うようになったんだよね。——**火花《ひばな》さんを見《み》てるうちに**」

「えっ、わたし？」

ここで自分《じぶん》の名前《なまえ》が出《で》てくるなんて思《おも》ってなかったから、ビックリ。

クルミくんは、照《て》れたようにつづける。

「火花《ひばな》さん、よく冬樹《ふゆき》さんや星野《ほしの》くんたちと、アオハルチャレンジをして盛《も》りあがっているじゃない。オレも、火花《ひばな》さんといっしょにフォトウォーキングしたの楽《たの》しかったし。もし部員《ぶいん》が増《ふ》えたり、来年後輩《らいねんこうはい》ができたりしたら、写真部《しゃしんぶ》の活動《かつどう》のはばが拡《ひろ》がるのかなって……」

わあ——。

クルミくんがこんなふうに考《かんが》えるなんて、なんか意外《いがい》。

自分《じぶん》の世界《せかい》を探求《たんきゅう》したいタイプだと思《おも》ってたけど、……わたしが影響《えいきょう》を与《あた》えたってこと？

う、うわ〜、なんだかすごくうれしい。

「やろうやろう！　写真部《しゃしんぶ》の魅力《みりょく》を伝《つた》えられたら、部員《ぶいん》１００人《にん》くらいになっちゃうかも！」

「いや、さすがにそこまでは。……けど1人《ひとり》や2人《ふたり》でいいから、興味《きょうみ》を持《も》ってくれる人《ひと》がいたらうれしいな」

「きっといるよ！　それで、リニューアルってどんなふうにするの？」

更新《こうしん》が止《と》まってたってことは、いまは、クルミくんが撮《と》った写真《しゃしん》が1枚《まい》も入《はい》ってないんだよね。もったいない！

「まだ考《かんが》えてる途中《とちゅう》だけど、たくさん写真《しゃしん》を見《み》てもらえるように、映《ば》える画像《がぞう》のならべ方《かた》とかを、研究《けんきゅう》しているところ。サイトをＰＣから見《み》るかスマホで見《み》るかでも、けっこうちがってて……」

そうなんだあ。さすが、こだわるなあ、クルミくん。

「あと、オレのとったアオハルチャレンジの写真《しゃしん》も、載《の》せたいと思《おも》っているんだけど…」

「えっ、アオハルチャレンジを!?」

「うん。こんなふうに楽《たの》しくやってますってアピールするには、打《う》ってつけかなって思《おも》ったんだけど……どうかな？」

「いい！　すごくいいと思《おも》う！」

どんな写真《しゃしん》を載《の》せるかも大事《だいじ》だけど、楽《たの》しんでる雰囲気《ふんいき》が伝《つた》わったほうが、きっとみんな興味《きょうみ》を持《も》つよね！

「わたしも、できることがあったらやるから、なんでも言《い》って！」

「ありがとう！　じつは撮《と》りたいお題《だい》があるんだ。たとえばまだ撮《と》れていない、**#スポーツで汗《あせ》きらり**とか。動《うご》きのある写真《しゃしん》って、あまりやったことがないから、チャレンジしてみたくて」

ああ、少《すこ》し前《まえ》に出《だ》したお題《だい》だよね。

わたしは、スケボーをしてるところをクルミくんに撮《と》ってもらおうとしたんだけど、いろいろあって中断《ちゅうだん》しちゃっていたんだ。（くわしくは『おもしろい話《はなし》、集《あつ》めました。Ⓒ《クローバー》』を読《よ》んでね）

「だったらさ、今日《きょう》の放課後《ほうかご》、さっそく撮影《さつえい》しない？」

「え、いいの？」

「もちろん、善《ぜん》は急《いそ》げだよ！」

もともといつかは、もう一度《いちど》やろうと思《おも》ってたチャレンジ。

いい機会《きかい》だよ！

前《まえ》にやったときは、うまく跳《と》べなかった技《わざ》、今度《こんど》こそクルミくんに見《み》せるぞ！

わたしは気持《きも》ちをたぎらせながら、強《つよ》くこぶしをにぎった！

# 9 飛《と》べるのは、失敗《しっぱい》をおそれないから！

放課後《ほうかご》になると、わたしはすぐに帰宅《きたく》して動《うご》きやすい服《ふく》に着替《きが》え、スケボーを持《も》って家《いえ》を出《で》た。

むかった先《さき》は、スケボー専用《せんよう》のスペースがある公園《こうえん》。

そこにはすでに、クルミくんがきていた。

「クルミくん、おまたせー！」

学校《がっこう》でわかれたときと同《おな》じ、制服《せいふく》すがたのクルミくん。

手《て》にはもちろん、愛用《あいよう》のデジカメがにぎられている。

それじゃあさっそく、撮影開始《さつえいかいし》！

まずはかるく、地面《じめん》をすべっていく。

——カシャ　カシャカシャカシャカシャカシャ
連写《れんしゃ》されるシャッター音《おん》がして、カメラに目線《めせん》を送《おく》る。

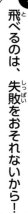

モデルなら、カメラを気《き》にせず自然体《しぜんたい》でいたほうがいいんだろうけど、やっぱりちょっと意識《いしき》しちゃう。

けど、気《き》にしていたのはここまで。

だんだんとスケボーを加速《かそく》させていって、大《おお》きくジャンプ！

わたしの身体《からだ》が、宙《ちゅう》にういた！

「っ！」

**カシャカシャカシャ！**

シャッター音《おん》のことは気《き》にしないで、集中《しゅうちゅう》して着地《ちゃくち》を決《き》める。

まだまだ終《お》わらないよ！

スピードを上《あ》げたあと、縦《たて》にすべっていたボードを足《あし》さばきで、すばやく横《よこ》に回転《かいてん》させる！

それがブレーキになり、スケボーはギュギュッと音《おと》を立《た》てて、ピタリと止《と》まった。

よーしイメージどおり！

片足《かたあし》を地面《じめん》に下《お》ろして、ニコッと笑《わら》ってクルミくんを振《ふ》りかえる。

「――撮《と》れた？」

「うん！　火花《ひばな》さん、カッコよかった！」

「そ、そうかな～」

真正面《ましょうめん》からほめられると、くすぐったい。

今回《こんかい》は、ちゃんと決《き》められて、よかった。

クルミくんが、さっそく撮《と》った写真《しゃしん》を見《み》せてくれると……わっ、すごい！

ジャンプをしてるわたしは、まるで空《そら》を飛《と》んでるみたいで、ブレーキをかけたところも、力強《ちからづよ》く撮《と》れていた。

「さすがクルミくん、すっごくよく撮《と》れてる！」

「ありがとう。ムービーも撮《と》っていい？」

「え、写真部《しゃしんぶ》のホームページに載《の》せるのに？」

「うん。ルールを決《き》めなくていいと思《おも》うんだ。それに、さっきのブレーキをかけるやつ、正面《しょうめん》から動画《どうが》で撮《と》ったら、きっと迫力《はくりょく》あるから」

「わ、それ、わたしも見《み》たい！」

お兄《にい》といっしょのときとか、新《あたら》しい技《わざ》に挑戦《ちょうせん》するときは、撮《と》ってもらったりもするけど。

1人《ひとり》ですべってると、どんなふうに見《み》えてるか、わからないもんね。

「クルミくんって、動画《どうが》も撮《と》るの？」

「写真《しゃしん》と比《くら》べると、そんなに多《おお》いわけじゃないけど、そこそこは。小学校《しょうがっこう》のころは、雷《らい》のダンス動画《どうが》を撮《と》ってたよ。雷《らい》がネットで公開《こうかい》したら、バズったってよろこんでた」

へー、そうなんだ………って、待《ま》って。

ええっ！

小学校《しょうがっこう》のころのダンス動画《どうが》というと、ひょっとしてこの前《まえ》、お兄《にい》といっしょに見《み》たアレ!?

「その動画《どうが》、わたし見《み》たことあるかも。あれ撮《と》ったのって、クルミくんだったの!?」

「そうかも。中学《ちゅうがく》になってからは、雷《らい》がスタッフチームを作《つく》って撮影《さつえい》してるらしいけど」

わー、知《し》らないうちにクルミくんの作品《さくひん》を見《み》てたなんて、ビックリ。

あ、動画《どうが》の中《なか》で踊《おど》っているのはライだから、クルミくんとライの作品《さくひん》ってことになるのかな。

そうだ、ライといえば！

「そういえばライ、放課後《ほうかご》に練習《れんしゅう》の様子《ようす》をライブ配信《はいしん》するって言《い》ってたね」

「だね。ちょっと見《み》てみよう」

わたしとクルミくんは、ベンチに移動《いどう》すると、ならんですわる。

スマホで動画《どうが》アプリを起動《きどう》すると……あ、もうはじまってる！

場所《ばしょ》は、どこかのダンススタジオかな。

じっと一点《いってん》を見《み》つめて、真剣《しんけん》な表情《ひょうじょう》のライがアップになってる……あ、音楽《おんがく》が流《なが》れだした。

「これ、はじめて使《つか》う曲《きょく》だ。今日《きょう》の配信《はいしん》って、新作《しんさく》のお披露目《ひろめ》だったんだ」

ワクワクしたように言《い》うクルミくん。

最初《さいしょ》はスローな曲調《きょくちょう》からはじまって、だんだんとテンポがアップしていく。

音楽《おんがく》に乗《の》せて、ライの足《あし》はステップをふんで、腕《うで》が上下左右《じょうげさゆう》に振《ふ》られる。

やっぱり上手《じょうず》。

ううん、この前見《まえみ》た動画《どうが》よりも、キレがいい。

考《かんが》えてみたらとうぜんか。

前《まえ》に見《み》たのは小学生《しょうがくせい》のときのものだったけど、あれから休《やす》まず踊《おど》ってたら、さらにレベルアップしてるよね。

そしてこの動画《どうが》は、リアルタイムで投稿《とうこう》されたコメントが表示《ひょうじ》されるタイプ。
寄《よ》せられるコメントが、つぎつぎに画面《がめん》に出《で》てくる。
[ライ、最高《さいこう》——！]
[これでオレと同《おな》い年《どし》なんてマジか？]
いったいどれだけの人《ひと》が、この配信《はいしん》を見《み》てるのかな？
こんなにたくさんの人《ひと》の注目《ちゅうもく》を集《あつ》めるなんて、もしかしてライって、すごい人《ひと》？
クルミくんもだまったまま、スマホ画面《がめん》のライのダンスに見入《みい》っている。
曲《きょく》がサビの部分《ぶぶん》に入《はい》って、ダンスがさらに激《はげ》しくなる。
どうやったらこんなに動《うご》きつづけられるのか不思議《ふしぎ》なくらい、俊敏《しゅんびん》で力強《ちからづよ》い動《うご》き。
そして曲《きょく》の途中《とちゅう》で、ライが大《おお》きくジャンプ。
そのまま空中《くうちゅう》でうしろむきに一回転《かいてん》。
見事《みごと》なバク宙《ちゅう》……！　と思《おも》ったら。
「あっ」「わっ!?」
画面《がめん》を見《み》ていた、わたしとクルミくんの声《こえ》が重《かさ》なった。
ライは、あざやかに着地《ちゃくち》——とはならなかったの！

降《お》りる瞬間《しゅんかん》よろめいて、床《ゆか》に身体《からだ》をたたきつけられるみたいに倒《たお》れて、ダンスが中断《ちゅうだん》した。

『おいライ、大丈夫《だいじょうぶ》か⁉』

撮影《さつえい》を手伝《てつだ》ってた友《とも》だちかな？

あわててライにかけよる、男子《だんし》のすがたが画面《がめん》に入《はい》る。

『――っ』

ななめになったらしいカメラの画面《がめん》には、顔《かお》をゆがませるライが映《うつ》ってる。

[ライく――――ん⁉]

[なにこれ失敗《しっぱい》？]

予想外《よそうがい》のアクシデントに、コメントにも動揺《どうよう》が広《ひろ》がって、わたしたちも顔《かお》を見《み》あわせる。

けど、画面《がめん》の中《なか》のライが、床《ゆか》に座《すわ》ったままの姿勢《しせい》で、まゆをひそめながら、ぺろっと舌《した》を出《だ》した。

『失敗《しっぱい》しちまったけど、ここまで見《み》てくれてありがとう。今日《きょう》はこれで終《お》わり。次《つぎ》までにはもっと練習《れんしゅう》してくるから、また見《み》てください。これからも応援《おうえん》よろしく！』

カメラにかるく手《て》をふって挨拶《あいさつ》したあと画面《がめん》は切《き》り替《か》わって、『ライブ配信《はいしん》は終了《しゅうりょう》しました』の文字《もじ》が映《うつ》し出《だ》される。

わたしとクルミくんは、まだぽかんとしたまま動画配信《どうがはいしん》の画面《がめん》を見《み》つめてしまう。

すると――

［ライくん、大丈夫《だいじょうぶ》？　ケガしてなきゃいいけど］

映像《えいぞう》は切《き》れても、コメントはまだ生《い》きていて、ライを心配《しんぱい》する声《こえ》がぞくぞくとよせられる。

だけど――その合間《あいま》に、

［ダッサ、バク宙《ちゅう》で失敗《しっぱい》とか。素人《しろうと》？］

［カッコつけてライブ配信中《はいしんちゅう》にコケるとか、マジウケる（笑《わらい》）］

はぁっ!?

書《か》きこまれたのは、心配《しんぱい》するどころかバカにしたようなコメント。

思《おも》わず声《こえ》を上《あ》げそうになる。

だけど、悪意《あくい》あるコメントが、ちょっとずつ増《ふ》えていく。

［新《あたら》しい振《ふ》りに期待《きたい》してたのに、がっかり］

［彼女《かのじょ》とデートがいそがしくて、練習不足《れんしゅうぶそく》なんじゃない？］

な、なにこれ!?

上《うえ》から目線《めせん》のコメントに、ふつふつと怒《いか》りがこみあげてくる。

というか、この「彼女《かのじょ》」ってひょっとして、わたしのこと？

昨日撮《きのうと》られた、ライとのツーショット。
わたしのまわりの誤解《ごかい》は解《と》けたけど、ネットでしかライを知《し》らない大多数《だいたすう》の人《ひと》は誤解《ごかい》したままなのかも。
けど勘《かん》ちがいするだけならまだしも、それを持《も》ちだして、失敗《しっぱい》をバカにするなんて！
むかついたのは、わたしだけじゃないみたい。
配信《はいしん》は終《お》わってるのに、コメント欄《らん》への書《か》きこみが止《と》まらない。
［アンチコメント書《か》いてるやつ、いますぐ出《で》ていってほしい］
［笑《わら》うとか最低《さいてい》！］
［調子《ちょうし》にのってミスったライがわるい。笑《わら》われてトーゼン］
［練習不足《れんしゅうぶそく》、自業自得《じごうじとく》］
［顔目当《かおめあ》てのファンは、こけてもイケメンでいいんだろうけど］
いつの間《ま》にかコメント欄《らん》は、悪口《わるくち》を書《か》く人《ひと》と、ライを擁護《ようご》する人《ひと》のケンカみたいになってて、加速度的《かそくどてき》に書《か》きこみが増《ふ》えていく。
アンチコメントに腹《はら》が立《た》ってるのは、わたしも同《おな》じ。
わたしもなにか言《い》ってやらないと、気《き》がすまない……っ！

「――待《ま》って火花《ひばな》さん、だめだよ」

わたしがコメントを書《か》きこもうとしたとたん、いままでだまっていたクルミくんがきっぱりした声《こえ》で、止《と》めた。

「なんで？　ひと言《こと》、言《い》ってやらないと。人《ひと》の失敗《しっぱい》を笑《わら》うなんて、許《ゆる》せないって！」

「気持《きも》ちはわかるよ。オレだってくやしい。けどオレたちが書《か》き込《こ》んでも、コメント欄《らん》が荒《あ》れるだけだよ」

う、それは……。

クルミくんの言《い》うとおり、ファンがなにか言《い》えば言《い》うほど、むしろライのことを否定《ひてい》するようなコメントがふえてる……。

「オレたちが代理戦争《だいりせんそう》をしたって、きっと雷《らい》はよろこばない。だからいまは……」

「――っ！　わかった……ごめん、そこまで考《かんが》えてなかった」

そうだね、ここで怒《おこ》ったって、なんの解決《かいけつ》にもならないよね。

一番《いちばん》かんじんなライの気持《きも》ちを、おき去《ざ》りにしちゃうところだった。

「オレ、雷《らい》に連絡《れんらく》してみる。いま電話《でんわ》しても取《と》れるかわからないから、メッセージを送《おく》っておくね。……ひどいケガじゃないといいけど」

あせり顔《がお》で、自分《じぶん》のスマホからメッセージを送《おく》るクルミくん。

コメント欄《らん》では、今《いま》もケンカがつづいてて『彼女《かのじょ》ができたせい』って書《か》く人《ひと》も、ちらほら――

クルミくんは、とてもくやしそうな顔《かお》をしてる。

「雷《らい》があの技《わざ》を失敗《しっぱい》するの、はじめて見《み》た。けど雷《らい》は練習《れんしゅう》のオニだよ。絶対《ぜったい》にサボったりしない」

わたしは、ライを知《し》っているわけじゃないけど……。

やっぱりくやしい。

どんなにたくさん練習《れんしゅう》しても、失敗《しっぱい》しない人《ひと》なんていない。

真剣《しんけん》に、なにかにとりくんだことがある人《ひと》なら、みんなわかるはずなのに――。

くやしい気持《きも》ちをおさえながら、わたしは足《あし》もとにおかれた自分《じぶん》のスケボーに目《め》をやる。

小学生《しょうがくせい》のころ、お兄《にい》に習《なら》ってはじめたスケボー。

最初《さいしょ》はころんでばかりだったけど、いまではけっこう様《さま》になってると思《おも》う。

きっとライだってそう。

いくら才能《さいのう》があっても、最初《さいしょ》からあんなに踊《おど》れたとは思《おも》えないし、きっと毎日《まいにち》すごく練習《れんしゅう》してきたんだろうなあ。

なのに、そのがんばりまで否定《ひてい》されるなんて。

「あ――――――、もう！」

「火花《ひばな》さん？」

わたしはベンチから立《た》ち上《あ》がって、スケボーに足《あし》をのせる。

胸《むね》のモヤモヤをはらしたくて、さっきよりもっとスピードをつけて走《はし》ると、空高《そらたか》くジャンプ！

わたしは体勢《たいせい》をくずすことなく、着地《ちゃくち》に成功《せいこう》した。

……よしっ！

ライ、いまごろ落《お》ちこんでるだろうな。

だけど、負《ま》けないでよね！

わたしは心《こころ》の中《なか》で、ライにエールを送《おく》った。

# 10 クルミくんの一大決心《いちだいけっしん》！

次《つぎ》の日《ひ》の朝《あさ》、わたしが教室《きょうしつ》に入《はい》っていくと、千鶴《ちづる》がスマホを見《み》せながら、香鈴《かりん》にむかってなにか深刻《しんこく》そうな顔《かお》で話《はな》しているところだった。

「おはよ、千鶴《ちづる》、香鈴《かりん》。なに見《み》てるの？」

「あっ、ほむら。ねえ、この前《まえ》、ほむらが財布《さいふ》を拾《ひろ》ってあげた、あの人《ひと》――ライがさ」

そういえば、そういう話《はなし》にしたんだっけ。

「ライがね、昨日《きのう》のライブ配信中《はいしんちゅう》に失敗《しっぱい》しちゃって。SNSがめちゃくちゃ荒《あ》れてるんだよ！」

――っ！　やっぱりその話《はなし》！

あれからわたしも気《き》になってチェックしてたんだけど、動画《どうが》コメントでのファンとアンチのやりとりは、けっこうあとまでつづいてた。

いまはおさまったけど、それはケンカが落《お》ちついたからじゃない。

ライブ配信《はいしん》の動画《どうが》が削除《さくじょ》されて、書《か》かれていたコメント欄《らん》ごと全部《ぜんぶ》消《き》えちゃったの！

「わたしはそのライって人《ひと》のことよく知《し》らないけど。ダンスで失敗《しっぱい》したからって、そんなに荒《あ》れるものなの？」

香鈴《かりん》が聞《き》くと、千鶴《ちづる》がくやしそうな顔《かお》でこたえる。

「ふつうはここまでじゃないと思《おも》うよ。むしろ、この荒《あ》れかたでライの人気《にんき》ぶりがわかったけど……今回《こんかい》は、いろいろタイミングがわるかったのかも」

ひょっとして、わたしとの勘《かん》ちがい写真《しゃしん》がネットにあげられた直後《ちょくご》だったから、荒《あ》れたってこと？

このタイミングに、あえて、はじめてのライブ配信《はいしん》にチャレンジしたのは、きっとライなりの考《かんが》えがあってのことだったと思《おも》う。

それが、逆効果《ぎゃくこうか》になっちゃったなんて……。

ライもきっと、あのコメントは見《み》たよね。

自分《じぶん》のダンスを観《み》ていた人《ひと》たちから、あんなふうに書《か》かれて、どう思《おも》っただろう。

ちらっと見《み》ると、クルミくんは、今日《きょう》はもう登校《とうこう》していて、しずかに自分《じぶん》の席《せき》についていた。

「……あ、ごめん、わたし、ちょっとトイレ」

理由《りゆう》をつけて、千鶴《ちづる》と香鈴《かりん》からはなれる。

入《い》り口《ぐち》にむかうとちゅう、クルミくんの席《せき》の前《まえ》を通《とお》りながら、ちらっと視線《しせん》を送《おく》ると、一瞬《いっしゅん》、目《め》が合《あ》った。

クルミくんはわたしから少《すこ》し遅《おく》れて立《た》ちあがり、さりげなく廊下《ろうか》に出《で》てきた。

さすがクルミくん。

わたしが話《はな》したいって、わかってくれたみたい。

そのまま、わたしたちはバラバラに移動《いどう》して、人目《ひとめ》のないところで立《た》ち止《ど》まって、話《はな》しかける。

「クルミくん、あのあとライから連絡《れんらく》あった？」

「うん。さいわい大《おお》きなケガじゃなかったみたい」

「わ、よかった。けっこう派手《はで》にころんでたから心配《しんぱい》だったんだ。動画《どうが》は削除《さくじょ》しちゃうし」

だけどホッとしたわたしとは裏腹《うらはら》に、クルミくんはなぜか、うかない表情《ひょうじょう》のままだ。

「なにか、気《き》になることでもあるの？」

「うん……雷《らい》はどうして、あの動画《どうが》を削除《さくじょ》したんだろうって思《おも》ってた」

「え？　それはまあ……やっぱり失敗《しっぱい》しちゃった動画《どうが》は残《のこ》しておきたくないんじゃない？」

たしかSNSでも、『カッコわるくて削除《さくじょ》したんだろ』なんて言《い》ってる人《ひと》がいたっけ。

けど、失敗《しっぱい》したときの映像《えいぞう》なんて、だれだって公開《こうかい》したくないよね？

でも、クルミくんは、きびしい表情《ひょうじょう》でつづけた。

「ライは、練習《れんしゅう》の様子《ようす》を撮影《さつえい》して、チェックに使《つか》ってて。技《わざ》に失敗《しっぱい》した動画《どうが》を消《け》したりせず、むしろ何度《なんど》も見《み》かえしていたんだ。ダンス仲間《なかま》に見《み》せて、どうすればよくなるか意見《いけん》がききたいって言《い》ったり……。失敗《しっぱい》したときほど、しっかりむきあってたのに、今回《こんかい》にかぎって削除《さくじょ》したのが……気《き》になるんだ」

うーん、ダンス仲間《なかま》に見《み》せるのと、ネットにあげるのとはちがうから？

だけど、親友《しんゆう》のクルミくんが、こう言《い》うんだもの。

今回《こんかい》のライの行動《こうどう》は、らしくないのかも。

「……もしかして、失敗《しっぱい》のせいじゃなくて、コメントでのケンカを気《き》にしたのかも？」

「火花《ひばな》さんもそう思《おも》う？　雷《らい》とはゆうべ、電話《でんわ》で話《はな》したんだけど……」

「ライ、なんて言《い》ってた？」

「それが……『デマでさわいでるやつらを、ダンスで黙《だま》らせようと思《おも》ったのに……失敗《しっぱい》しちまってオレ、ダセーなー』なんて。さすがに元気《げんき》なかった」

クルミくんが、うつむく。

教室《きょうしつ》で、千鶴《ちづる》たちが話《はな》しているのをきいてても、ずっと苦《くる》しかっただろうな……。

「なら今日《きょう》、放課後《ほうかご》にでも直接会《ちょくせつあ》いにいって、はげましてあげたら？」

ライ、クルミくんのこと、大《だい》っっっ好《す》きだからね。

絶対《ぜったい》、よろこぶはず！

けど、クルミくんは首《くび》を横《よこ》にふった。

「――ううん、それはやめておく」

「えっ？　どうして？」

「雷《らい》に言《い》われたんだ。『オレのことは気《き》にするな。お前《まえ》は自分《じぶん》のやるべきことをしろよ』って。

……そう言《い》われちゃった以上《いじょう》、様子《ようす》を見《み》にいくことはできないよ」

「え――っ、そんなあ……」

気《き》にしないで会《あ》いにいけばいいのに、友《とも》だちなんだから！　って、わたしは思《おも》うけど。

けどクルミくんは、意見《いけん》は変《か》えそうにない顔《かお》をしてる。

きっと2人《ふたり》の関係《かんけい》では、そういうものなんだろうな。

クルミくんの「やるべきこと」って、例《れい》の「計画《けいかく》」？

ライ、クルミくんの足《あし》を引《ひ》っぱりたくないって、思《おも》っているのかも？

「じゃあさ、早《はや》く写真部《しゃしんぶ》のホームページのリニューアルをして、教《おし》えてあげようよ！」

クルミくんががんばるところを見《み》たら、オレも負《ま》けてられないって、元気《げんき》でるかも。

「うん、オレもそう思《おも》ってる。……なんだけどね」

だけど、なぜかクルミくんが、微妙《びみょう》な顔《かお》をする。

「そのことで、じつはひとつ問題《もんだい》があって」

え、問題《もんだい》？

「ホームページに載《の》せるアオハルチャレンジの写真《しゃしん》を選《えら》ぼうとして、気《き》づいたんだけど。――このままだとね、写真《しゃしん》に写《うつ》ってるのが、火花《ひばな》さんばかりになっちゃうんだ」

「！」

あっ、そうか！

学校《がっこう》の部活《ぶかつ》のホームページなのに、わたしばかり写《うつ》ってるって……そ、それはちょっと、ヘン、だよね。

「ど、どうしよう？　なにかいい方法《ほうほう》、ある？」

「……ないわけじゃ、ない」

「え、なにか当《あ》てがあるの？」

「当《あ》てというか……ちょっと、考《かんが》えたことがあるんだ」

クルミくんが、決意《けつい》した顔《かお》で言《い》った。


昼休《ひるやす》み。

お昼《ひる》を食《た》べ終《お》えたわたしが千鶴《ちづる》と香鈴《かりん》、それに星野《ほしの》を加《くわ》えた4人《にん》で、なんとなくしゃべっているところに――。

「あの、ちょっといいかな？」

と、ひかえめに声《こえ》をかけられた。

「ん？　なんだクルミ？」

ふりむいた星野《ほしの》が、返事《へんじ》をする。

ふだん、教室《きょうしつ》ではほとんど1人《ひとり》でいるクルミくんが、急《きゅう》に話《はな》しかけてきたものだから、みんなが目《め》をまるくしてる。

クルミくんは、少《すこ》し小《ちい》さいけど、しっかりした声《こえ》で、わたしたちに話《はな》しだした。

「とつぜんでゴメン、みんなにお願《ねが》いしたいことがあるんだ」

「え、お願《ねが》い？　わたしたちに？」

と、香鈴《かりん》がふしぎそうに言《い》う。

「うん。──みんなよく、アオハルチャレンジをやってるよね？　**その写真《しゃしん》を、オレに撮《と》らせてもらえないかな？**」

「へ？　クルミに？」「あたしたちの写真《しゃしん》を？」

星野《ほしの》と千鶴《ちづる》も、首《くび》をかしげてる。

ふだん、クラスメイトにからまない人《ひと》から、いきなりこんなこと言《い》われても、びっくりだよね。

でも、クルミくんは落《お》ちついて説明《せつめい》をすすめる。

「オレ、写真部《しゃしんぶ》の部員《ぶいん》なんだ。今度《こんど》、部《ぶ》のホームページをリニューアルするんだけど、そのときにアオハルチャレンジの写真《しゃしん》をのせられたらなって考《かんが》えたんだ」

「ほ――、たしかに、いろんな種類《しゅるい》のチャレンジがあるしね。写真《しゃしん》がならんでたら、おもしろいホームページになるかも」

「つーかクルミ、アオハルチャレンジに興味《きょうみ》あったんだなあ？」

星野《ほしの》が、意外《いがい》そうな顔《かお》をしてる。

そうだよね、ふだんのクルミくんなら、アオハルチャレンジをやってるグループがあっても、自分《じぶん》から交《ま》ざったりはしてこなかったし。

まさか、自分《じぶん》から言《い》いだすなんてね？

「みんなは、いつもどおりアオハルチャレンジをやって、撮《と》るのだけオレにまかせてほしいんだ。……一応《いちおう》、写真部《しゃしんぶ》だから、ちゃんと撮《と》れると思《おも》う。撮《と》った写真《しゃしん》も、ホームページに載《の》せる写真《しゃしん》も、もちろんチェックしてもらうよ」

とクルミくんは、一生懸命説明《いっしょうけんめいせつめい》する。

「クルミくんは？　いっしょにチャレンジしないの？」

「オレがやったら、撮《と》る人《ひと》がいなくなるからね。写真部《しゃしんぶ》、今《いま》はオレ1人《ひとり》しかいないんだ」

「そうなんだ。それは責任重大《せきにんじゅうだい》だね」

と、目《め》をまるくする香鈴《かりん》。

そのとき、わたしが、いきおいよく手《て》を上《あ》げた。

「はいはーい！　わたし撮《と》ってもらいたいなー」

「え、火花《ひばな》？」

「うん。だって写真部員《しゃしんぶいん》さんでしょ？　絶対《ぜったい》わたしたちが自分《じぶん》で撮《と》るよりいい写真《しゃしん》を撮《と》ってもらえるじゃない」

なーんて、まるではじめて話《はなし》をきいたみたいに言《い》ったけど。

クルミくんがみんなにお願《ねが》いすることは、あらかじめきいてたの。

最初《さいしょ》、この話《はなし》をきいたとき、

「わたしから千鶴《ちづる》たちに話《はな》してみようか？」って提案《ていあん》したんだけど。

クルミくんに、断《ことわ》られちゃったんだ。

「これは写真部《しゃしんぶ》の活動《かつどう》で、大事《だいじ》なことだから。ちゃんと自分《じぶん》でお願《ねが》いするよ」って。

その表情《ひょうじょう》は、とても真剣《しんけん》だった。

以前《いぜん》は「みんなでワイワイするのは苦手《にがて》」って言《い》っていたクルミくんなのに。

クルミくん、ちょっと変《か》わったかも……。

「オレたちはいつも通《どお》り、アオハルチャレンジをしてりゃ、クルミが撮《と》ってくれるんだよな？　だったらオレもいいぜ！　絶対《ぜったい》、カッコよく撮《と》ってくれよなっ！」

と、星野《ほしの》ものっかる。

「う、うん、努力《どりょく》するよ」

「だいじょーぶだぜっ、そのままでもオレはカッコいいから！　シャッターチャンスだけ逃《のが》さないでくれよなあ」

と、クルミくんの肩《かた》に手《て》をかける星野《ほしの》。

「こいつら、俺《おれ》がベストショット決《き》めても、ここぞってとこをぜんぜん撮《と》ってくれねーんだよお！」

「…………あは。あはははは」

そういえばわたしたち、前《まえ》に星野《ほしの》がシュートを決《き》めたのを、撮《と》りのがしちゃったっけ。

「その点《てん》、クルミならだいじょうぶだよな。なっ!?」

「そ、それはもちろん」

期待《きたい》のこもった目《め》で見《み》る星野《ほしの》に、たじたじしながら、クルミくんが引《ひ》き受《う》ける。

「うん、あたしもお願《ねが》いしようかな」

「わたしも。参加《さんか》できるときは撮《と》ってよ」

千鶴《ちづる》と香鈴《かりん》も、うなずく。

――やった！

クルミくんの大《おお》きな一歩《いっぽ》、前進《ぜんしん》だっ！

## 11 ナイスタイミング、仕掛《しか》け人《にん》さん⁉

その日《ひ》の放課後《ほうかご》は、ちょうど多《おお》くの部活《ぶかつ》がお休《やす》みの日《ひ》。

香鈴《かりん》だけは、

「今日《きょう》はリュウのおむかえをたのまれてる日《ひ》なんだあ……また今度《こんど》おねがいね、クルミくん」

と言《い》いながら、ざんねんそうに帰《かえ》っていったけど。

わたしたちは、さっそく、体育館《たいいくかん》に移動《いどう》して、クルミくんのアオハルチャレンジ撮影《さつえい》につきあうことに。

「おーいどうだあー、ちゃんと撮《と》れてるかー？」

ゴールを決《き》めた星野《ほしの》が、ダッシュでこっちにくる。

「うん、撮《と》ってるよ。これ、どうかな？」

クルミくんが、撮影《さつえい》したばかりの写真《しゃしん》を、カメラの画面《がめん》に出《だ》してみせると、

「おお、スッゲーじゃん！　めっちゃくちゃカッコいいじゃねーかあ——！」

と星野《ほしの》は、おおさわぎ。

クルミくんのデジカメには、ドリブルをしてる星野《ほしの》のすがたが写《うつ》っている。

ゴールをねらって見《み》あげる視線《しせん》や、胸《むな》もとでボールをかまえてからスロー姿勢《しせい》に入《はい》る、キリッとした表情《ひょうじょう》をとらえてる。

「へえーほんとだ。実物《じつぶつ》の星野《ほしの》よりぜんぜんカッコいい」

「ちが——う！　クルミのカメラが、オレの本質《ほんしつ》を写《うつ》してるんだぁ！」

星野《ほしの》が、千鶴《ちづる》にかみついてる。

ほかの写真《しゃしん》を見《み》せてもらっても、迫力《はくりょく》まんてん。

「すげえなクルミ、やっぱ写真部《しゃしんぶ》ってカメラのプロなんだなあ。見《み》なおした！　前《まえ》のチャレンジでバスケしてるとこ撮《と》ろうとしたんだけど、ブレブレのしか撮《と》れなくてさ。しかたないから、ボールを持《も》って止《と》まったとこを撮《と》ってもらったんだよー」

あ、あのときの星野《ほしの》の写真《しゃしん》、なんか不自然《ふしぜん》だと思《おも》ったけど、そういうことだったんだ。

「いやークルミ！　これからもオレのアオハルチャレンジはおまかせするぜ‼　あと、この写真《しゃしん》あとで送《おく》ってくれ、みんなに見《み》せて自慢《じまん》する」

なんて、すっかり盛《も》りあがってる星野《ほしの》。

でも、絶賛《ぜっさん》する気持《きも》ちはわかる。

クルミくんは、「動《うご》きがうまく撮《と》れるようになりたい」って言《い》ってたけど。

途中《とちゅう》でレンズを換《か》えたり、撮《と》る角度《かくど》や、カメラの設定《せってい》とかを変《か》えてみたり、いろいろ工夫《くふう》しながら撮影《さつえい》しているみたい。

その様子《ようす》は、本当《ほんとう》にプロのカメラマンのようだったんだ。

星野《ほしの》の撮影《さつえい》が終《お》わったら、次《つぎ》は、わたしたちの番《ばん》。

バレーのコートを使《つか》って、バレーボールするところを撮影《さつえい》してもらう。

わたしがトスをあげたボールを、千鶴《ちづる》がアタックする瞬間《しゅんかん》を、バッチリ、クルミくんのカメラにおさめた。

ひととおり、体育館《たいいくかん》で撮影《さつえい》したあと、みんなでエントランスに移動《いどう》する。

自販機《じはんき》で買《か》ったジュースを飲《の》みながら、撮《と》った写真《しゃしん》をじっくり見《み》せてもらう。

「星野《ほしの》の写真《しゃしん》もよかったけど、こっちも相当《そうとう》だね。これなんてあたし、飛《と》んでるみたい」

ジャンプした千鶴《ちづる》がボールをたたく瞬間《しゅんかん》を、とらえた写真《しゃしん》。

ほかにもわたしと千鶴《ちづる》がハイタッチした瞬間《しゅんかん》の、笑顔《えがお》の写真《しゃしん》とかも。

いかにも「青春《せいしゅん》！」って感《かん》じだあー。

わたしと千鶴《ちづる》が、写真《しゃしん》を見《み》ながら盛《も》りあがっている間《あいだ》。

星野《ほしの》は、クルミくんにいろいろ話《はな》しかけている。

「そういやクルミ、やけにあちこち移動《いどう》して撮《と》ってなかったか？　真横《まよこ》から撮《と》ってたと思《おも》ったら、急《きゅう》にコートの反対側《はんたいがわ》に走《はし》っていくしよ。あれってなんで？」

「ええと、それは、アングルを変《か》えたんだ。ボールをトスする火花《ひばな》さんを撮《と》るときと、アタックする冬樹《ふゆき》さんを撮《と》るときとでは、映《ば》える位置《いち》が変《か》わってくるでしょ」

「へえ――。どの位置《いち》から撮《と》ったら、もっと映《ば》えるとか、一瞬《いっしゅん》で判断《はんだん》できるなんてスゲーわ」

ジュースを飲《の》みながら、星野《ほしの》が感心《かんしん》する。

「クルミってふだんもスポーツ写真《しゃしん》を撮《と》ってるのか？」

「どちらかといえば、空《そら》とか、街《まち》で見《み》かけるもののほうが多《おお》いかな。散歩《さんぽ》してて、いいなって思《おも》った景色《けしき》があったら撮《と》ってる」

「へー、そういう写真《しゃしん》も今度《こんど》見《み》せてほしいな。スポーツの写真《しゃしん》がこんなにうまいんだもん、きっと素敵《すてき》な景色撮《けしきと》るんだろうね」

星野《ほしの》につづいて、千鶴《ちづる》も言《い》う。

いいねいいね、すっかりクルミくん、輪《わ》の中心《ちゅうしん》にいるじゃない！

もっとクルミくんのこと、みんなに知《し》ってもらいたいよ。

「すごいよねクルミくんって！　小学校《しょうがっこう》のころはライの写真《しゃしん》や動画《どうが》を撮《と》ってたらしいよ！」

と、わたしが言《い》うと、千鶴《ちづる》が「えっ？」と声《こえ》をもらした。

「待《ま》ってほむら、そのライって……ひょっとして、あのライのこと？」

ぎゃっ、ヤバ！

クルミくんとライが友《とも》だちだってこと、言《い》ってなかったじゃん！

つい口《くち》から出《で》ちゃったけど、もう遅《おそ》い。

「えっ、クルミくんって、ライの知《し》りあいなの？　なんで、ほむらがそれを知《し》ってるの!?」

うわあ、ヤバいヤバいヤバい！

わたしは一瞬《いっしゅん》、頭《あたま》がパニックに！　すると、

「さっき、火花《ひばな》さんにオレがそんな話《はなし》をしたんだよ」

わたしたちの会話《かいわ》をきいていたらしいクルミくんが、落《お》ちついた声《こえ》でフォローしてくれた。

「え、クルミって、あのライと友《とも》だちなのか？」

星野《ほしの》も驚《おどろ》いた顔《かお》をしてる。

「うん、小学校《しょうがっこう》がいっしょだったんだ。星野《ほしの》くんも、雷《らい》のこと知《し》ってるの？」

「ま、まあ……この前《まえ》、話《はなし》にあがったばっかだしな」

チラッと、わたしを見《み》る星野《ほしの》。

わたしとのツーショット写真《しゃしん》で、最初《さいしょ》にクラスでさわいだのは、星野《ほしの》だったからねえ。

「そういえば、今朝《けさ》もなにかライの話《はなし》してたよな。なんかライブ配信《はいしん》が炎上《えんじょう》とかどーとか……」

「「！」」

**バカ星野《ほしの》──っ！！！**

なんでここ一番《いちばん》でセンシティブな話題《わだい》出《だ》してくるの──！

クルミくんも千鶴《ちづる》も、顔《かお》をくもらせてる。

星野《ほしの》は、くわしい話《はなし》は知《し》らなかったみたいで、へ？　って言《い》っている。

まあ、知《し》らなかったのならしょうがないか。

「──ライブ配信《はいしん》で新曲《しんきょく》を披露《ひろう》したけど、途中《とちゅう》で失敗《しっぱい》して、コメント欄《らん》が炎上《えんじょう》しちゃったんだよ」

すると千鶴《ちづる》が、暗《くら》い顔《かお》になって、うつむく。

「ライ、あのあとどうなったんだろう……ひどいケガしてなければいいけど」

するとクルミくんが、ひかえめな声《こえ》で言《い》った。

「それなら大丈夫《だいじょうぶ》だよ。昨日《きのう》オレ、雷《らい》に連絡《れんらく》したけど、平気《へいき》だって」

「えっ、そうなの!?　よかったー！」

と、千鶴《ちづる》の顔《かお》が、ホッとほころぶ。

「ありがとう教《おし》えてくれて。昨日《きのう》からライのSNSの更新《こうしん》も止《と》まって、すごく心配《しんぱい》してたんだ！」

なのに星野《ほしの》が横《よこ》から、

「けどよ、ライも、ケガがないならSNSで報告《ほうこく》くらいしたらいいじゃん？　ライブ配信《はいしん》で失敗《しっぱい》したのを最後《さいご》にだまったままって、ファンに心配《しんぱい》かけすぎだろ、インフルエンサーのくせにさー」

ちょっ、星野《ほしの》ってば、またよけいなこと言《い》ってー！

ああ、でも、それはちょっとそうかも。

いろいろ重《かさ》なって、よけいに心配《しんぱい》が止《と》まらなくなってるファンが多《おお》いよね……。

するとクルミくんが、

「オレもそう思《おも》ったけど……でも、もしかしたら雷《らい》、いまSNSが怖《こわ》くなっているのかも」

「え、なんでだ？」

「昨日《きのう》の配信《はいしん》のときのコメント欄《らん》が、ひどく荒《あ》れたから」

で、でも、あの自信《じしん》まんまんのライだよ!?

そんなの気《き》にするオレじゃねえよ！　なんて、平気《へいき》な顔《かお》で更新《こうしん》しそうだけど……。

ううん、そんなのわからないか。

わたしも小学校《しょうがっこう》のころ、学校《がっこう》の裏掲示板《うらけいじばん》にいろいろ書《か》かれたことがある。

**「炎上《えんじょう》のほむら」**なんて言《い》われて。

あのときの苦《くる》しさといったら。

まわり全部《ぜんぶ》が、敵《てき》みたいに思《おも》えて。息《いき》もできないくらい。

もしかしたら、いまのライ、あのときのわたしと同《おな》じ気持《きも》ちでいるのかもしれない……。

千鶴《ちづる》が、キリッとまゆを上《あ》げて言《い》う。

「あのアンチコメントには、まじでムカついたよ！　たいしてうまくないのに調子《ちょうし》に乗《の》った罰《ばつ》だとか、ダンスをなめてるとか、どんどん罵詈雑言《ばりぞうごん》になってってさ。あれ書《か》いてたのって、絶対《ぜったい》これまでのダンサー・ライのこと観《み》てないね！」

こぶしを固《かた》めて言《い》いきる千鶴《ちづる》に、クルミくんがうなずく。

「オレもそう思《おも》う。雷《らい》は昔《むかし》から、だれより練習熱心《れんしゅうねっしん》なんだ。ＳＮＳにダンス動画《どうが》を投稿《とうこう》しはじめたのだって、多《おお》くの人《ひと》に観《み》てもらって、自分《じぶん》のダンスを磨《みが》きたいからだって言《い》ってた」

「そんな気《き》がしてた！　ライって、見《み》た目《め》がハデだから誤解《ごかい》されるけど、ダンスに関《かん》してはほんとストイックだよね。——クルミくん、本当《ほんとう》にライの友《とも》だちなんだね、わかってるじゃん！」

千鶴《ちづる》が、熱《あつ》くうなずいている。

自分《じぶん》と同《おな》じテンションで、ライを心配《しんぱい》してる人《ひと》をみつけて、うれしいのかも。

「友《とも》だちなら、ライに直接会《ちょくせつあ》いにいって、はげましたりしないの？」

と千鶴《ちづる》。

「それが……ライから昨日《きのう》『オレのことより、お前《まえ》は自分《じぶん》のやるべきことをしろ』って言《い》われたんだ。……まあ、それが、みんなにアオハルチャレンジを撮《と》らせてほしいって言《い》うきっかけになったんだけど」

「あ、そういうこと。背中《せなか》、押《お》してくれたんだ。ライって、いいやつなんだね。おかげであたしたちは、クルミくんとお近《ちか》づきになれてよかったし。きっかけくれたライに感謝《かんしゃ》だなあ」

と、ほほえむ千鶴《ちづる》。

そうだね、本当《ほんとう》にライって、クルミくん想《おも》いなんだよなあ。

それをきいたクルミくんは、うつむく。

「……雷《らい》は、オレのことまきこみたくないって思《おも》ってるのかも」

あ、たしかに、それはあるかも。

クルミくん大好《だいす》きなライが、自分《じぶん》から遠《とお》ざけるようなことを言《い》うなんて、よっぽどだよね。

けどさ、もしもいまライがつらい気持《きも》ちなら、なおさら、親友《しんゆう》に会《あ》いたいんじゃない？

クルミくんだって、すごく心配《しんぱい》だろうし。

でも、本人《ほんにん》たちの間《あいだ》で「会《あ》わない」って話《はなし》がついているなら、わたしが口出《くちだ》しするのも変《へん》だよね……って。

ん？　まって！

そのとき、わたしの頭《あたま》に、ぴこん！　って、ある考《かんが》えがうかんだ。

ライがクルミくんに、よけいな気《き》をつかわせたくないのだとしても、これなら……！

わたしは、画面《がめん》がほかの人《ひと》に見《み》えないようにしつつ、大急《おおいそ》ぎでスマホを操作《そうさ》する。

ＳＮＳの画面《がめん》を表示《ひょうじ》させて、ログインしているアカウントを『灯《ともしび》』から、『青春仕掛け人《せいしゅんしかけにん》』に切《き》りかえる。

そして――ある言葉《ことば》を書《か》きこんでから――送信《そうしん》！

数秒後《すうびょうご》、だれかのスマホから、ポーンと通知音《つうちおん》がした。

「あれぇ～？　なんかいま、新《あたら》しいアオハルチャレンジのお題《だい》がポストされたみたいだよ～？」

わざとらしく声《こえ》をかけると、みんな持《も》ってたジュースの缶《かん》をおいて、自分《じぶん》のスマホを見《み》る。

わたしが青春仕掛《せいしゅんしか》け人《にん》だって知《し》ってるクルミくんだけ、不思議《ふしぎ》そうに、ちらっとわたしを見《み》てからスマホの画面《がめん》に目《め》をやり「えっ？」と声《こえ》をもらした。

それもそのはず。

だって新《あたら》しいチャレンジっていうのは……。

「**#ダンスで暑《あつ》さをふき飛《と》ばせ**　おい、なんか、すげえタイムリーなお題《だい》がきたな！」

次《つぎ》に声《こえ》をあげたのは星野《ほしの》。

ダンスの話《はなし》をしてたところに、こんなお題《だい》がポストされたら、ビックリするよね。

わたしは、なるべくさりげない声《こえ》で言《い》う。

「ねえねえ。このチャレンジで、クルミくんがライの写真《しゃしん》をとらせてもらうのはどう？」

「ええ!?　ちょっとほむら、なに言《い》いだすの」

「いまライはクルミに会《あ》わねーってんだろ？」

千鶴《ちづる》と星野《ほしの》は言《い》ったけど……ちっちっちっ、そうじゃないよ。

「ライがクルミくんに言《い》ったのは、『やるべきことをしろ』だよ。で、いまのクルミくんがやるべきなのは『アオハルチャレンジの写真《しゃしん》を撮《と》ってホームページを作《つく》ること』でしょ！　ほら、問《もん》題《だい》ない！」

「んん――たしかに」

「心配《しんぱい》だから会《あ》いにいくのはNG《エヌジー》でも、アオハルチャレンジに協力《きょうりょく》してもらうって理由《りゆう》ならOK《オーケー》かもってこと？」

そう！　まあ、かなり言《い》いわけっぽいけど。

でも、この理由《りゆう》なら、ライの望《のぞ》みを尊重《そんちょう》した上《うえ》で、会《あ》いにいけるよね？

あとは、クルミくんが納得《なっとく》するかどうか。

なんて答《こた》えが返《かえ》ってくるか、ドキドキだったけど……

しばらくうつむいて考《かんが》えこんだあと。クルミくんは。

「そうだね………いいかもしれない」

やった！

言《い》いながら、ホッとしたように、ほほえんだ顔《かお》が、いつものクルミくんだ！

やっぱり本当《ほんとう》は、すご――――く心配《しんぱい》してたんだね。

「それじゃあ、さっそく！　いますぐライのところに突撃《とつげき》しようよ！」

「うん……あ、でも雷《らい》がいま、どこにいるかがわからないよ。この時間《じかん》は連絡《れんらく》がつかないことが多《おお》いんだ」

「そうなの？　どこか場所《ばしょ》に心当《こころあ》たりはない？」

「うーん。放課後《ほうかご》は、だいたいダンスの練習《れんしゅう》をしてるから、家《いえ》ではないと思《おも》う。ダンススタジオは、毎日使《まいにちつか》えるわけじゃないから……」

考《かんが》えこむクルミくん。

よーく考《かんが》えて！

2人《ふたり》の仲《なか》なんだから、どこにいるか当《あ》てるのだって不可能《ふかのう》じゃないはず！

すると、クルミくんは、はっと思《おも》いあたったように顔《かお》をあげた。

「中川《なかがわ》の河川敷《かせんしき》！」「……河川敷《かせんしき》にいるんじゃない？」

……あれ？　ハモった。

クルミくんの返事《へんじ》と同時《どうじ》に、なぜか千鶴《ちづる》の声《こえ》が重《かさ》なってきこえて、2人《ふたり》が顔《かお》を見《み》あわせる。

「え、冬樹《ふゆき》さん、なんで知《し》ってるの？　雷《らい》はダンススタジオを使《つか》わないときは、よくそこで練習《れんしゅう》してるんだけど……」

「あそこらへん、あたし見慣《みな》れた景色《けしき》なんだ。それがライのダンスの練習動画《れんしゅうどうが》の背景《はいけい》に、よく映《うつ》ってるから。あ、でも、だれかにしゃべったことはないし、ライを探《さが》そうとしたこともないよ。そんなことしたら迷惑《めいわく》かけるじゃん」

あわてたように、つけ足《た》す千鶴《ちづる》。

へー、画像《がぞう》からそこまでわかっちゃうなんて、さすがファンって……って、ちょっとライ!?　ファンに居場所特定《いばしょとくてい》されちゃってるよ――!!

「……気《き》づいたのが冬樹《ふゆき》さんでよかったよ。雷《らい》には、気《き》をつけるよう言《い》わないと」

クルミくんも、こまった顔《かお》をしてる。

いくら顔出《かおだ》しで配信《はいしん》してるといっても、場所《ばしょ》を特定《とくてい》されちゃうのは、心配《しんぱい》だよね。

けど、いまはそれより。

「とにかく、河川敷《かせんしき》にいるかもしれないなら、ちょっといってみようか」

わたしたちは、早足《はやあし》で体育館《たいいくかん》を出《で》た。

## 12 「最高《さいこう》の瞬間《しゅんかん》」をつかまえる人《ひと》

学校《がっこう》をでて、中川《なかがわ》についたときはもう5時《じ》をまわっていた。
いきおいでわたしたちまでついてきちゃったけど……
ライ、本当《ほんとう》にここにいるのかな？
心配《しんぱい》だったけど、河川敷《かせんしき》に降《お》りたあたりで、きき覚《おぼ》えのある音楽《おんがく》がきこえてくる。
これ！　この前《まえ》、ライがライブ配信《はいしん》したときに使《つか》っていた、ダンスの音楽《おんがく》。
キョロキョロとあたりを見《み》まわすと………いたー！
橋《はし》の下《した》で、音楽《おんがく》を流《なが》しながらダンスのステップをふんでるライ！
ライは、はげしいテンポで、むずかしそうなステップをつづけてる。
す、すごい迫力《はくりょく》……。
なんだか、怖《こわ》いくらい。

わたしたちが、少《すこ》しはなれたところまで近《ちか》づいても、まったく気《き》づかない。
一心不乱《いっしんふらん》に踊《おど》りつづけてる。
落《お》ちこんでいるかもって心配《しんぱい》してたけど、とんでもない。
まるで、ダンスでなにかを振《ふ》りはらうように、前《まえ》だけを見《み》ながら、腕《うで》をふり、足《あし》を動《うご》かして。

空気《くうき》を切《き》りさいてる。

そして――ライブ配信《はいしん》のときは失敗《しっぱい》したバク宙《ちゅう》を、見事《みごと》に決《き》める！

わっ……！

と、わたしは思《おも》わず声《こえ》が出《で》ちゃいそうだった。

画面越《がめんご》しじゃない、初《はじ》めて生《なま》で観《み》るライのダンスに、わたし、それに千鶴《ちづる》も星野《ほしの》も、完全《かんぜん》に圧倒《あっとう》されて、目《め》をうばわれてる。

「……本物《ほんもの》の、ライだ……」

ため息《いき》みたいに、千鶴《ちづる》が言《い》った。

やがて曲《きょく》が終《お》わって、足《あし》をとめたライが汗《あせ》をふきながら顔《かお》をあげて……。

「……ユウ？」

こっちに気《き》がついた！

見入《みい》ってたわたしたちも、金縛《かなしば》りが解《と》けたみたいに動《うご》きだす。

「雷《らい》、調子《ちょうし》よさそうだね」

「ああ、まあまあ――って、お前《まえ》なんでここにきてんだよ!?」

クルミくんを見《み》たライは一瞬《いっしゅん》うれしそうな顔《かお》になったけど、すぐにハッとしたように言《い》った。

「いや、じつはね……」

「オレのことは気《き》にせずに、ユウはユウの――」

「だから！　これがオレの写真部《しゃしんぶ》の活動《かつどう》なんだ。雷《らい》にお願《ねが》いしたいことがあって、きたんだよ！」

と、クルミくんがライの言葉《ことば》をさえぎって言《い》う。

「オレに？」

キヨトンとするライに、クルミくんがスマホを取《と》りだして見《み》せる。

「アオハルチャレンジのこと、前《まえ》に話《はな》したよね。オレいま、クラスメイトに協力《きょうりょく》してもらって、そのアオハルチャレンジの写真《しゃしん》を撮《と》ってるんだ。それで今日新《きょうあたら》しくでたお題《だい》が、これなんだよ」

「……#ダンスで暑《あつ》さをふき飛《と》ばせ？」

「そう――だから、会《あ》いにきた」

とクルミくんが、まじめな顔《かお》でライにむきあう。

「ダンスの写真《しゃしん》を撮《と》るなら、オレは雷《らい》がいい。雷以外《らいいがい》は、考《かんが》えられないんだ。――だから、撮影《さつえい》させてくれないかって、言《い》いにきたんだ」

必死《ひっし》な目《め》で言《い》う、クルミくん。

わたしは、少《すこ》し距離《きょり》をおいたところで、黙《だま》って見《み》ている。

だってこれは、クルミくんからライへの、最大《さいだい》の気《き》づかいだもんね。

気持《きも》ち、伝《つた》わってほしい。

ライ。クルミくんのたのみを、ことわらないよね!?

と思《おも》ったのに――ライは、力《ちから》のない声《こえ》で言《い》った。

「――やめとけよ。写真《しゃしん》って、お前《まえ》の作《つく》ってるホームページに載《の》せるんだろ。オレをのせたら、イメージダウンになるぜ」

「………え」

「いま、オレのアンチが増《ふ》えてるからよ。ユウに迷惑《めいわく》はかけたくねーんだ」

きっぱりと、首《くび》を横《よこ》にふるライ。

うわあ、この自信《じしん》なさそうな様子《ようす》。

やっぱりめちゃくちゃ、へこんでるんじゃない！

「なに言《い》ってるの、迷惑《めいわく》なんて……」

「いや。ユウも見《み》ただろ。いまのオレのSNSはアンチコメントか、フォロワーどうしのケンカばかりだ。お前《まえ》の写真《しゃしん》を――お前《まえ》が力入《ちからい》れてるホームページを、まきこみたくねえんだよ！」

ライが、そんなふうに吐《は》き捨《す》てる。

けど……**そんなわけあるかーっ！**

イメージダウン？

でも、ライはなにも、まちがったことなんてしてないじゃん！

今《いま》だってこうして、ただ熱心《ねっしん》にダンスの練習《れんしゅう》をして。

がんばってる人《ひと》の写真《しゃしん》を載《の》せることの、どこがいけないの!?

おきてないことをこわがって動《うご》けなくなったら、アンチの思《おも》うつぼだよ！

けど炎上《えんじょう》の渦中《かちゅう》にいるライの気持《きも》ちが、ボコボコになってるのもわかる。

最初《さいしょ》にわたしと会《あ》ったときは、超《ちょう》オレサマ顔《がお》で、クルミくんとはオレのほうが仲《なか》いいなんて言《い》って、つっかかってきたくせに。

すっかり覇気《はき》をなくしてるライに、なんて声《こえ》をかければいいかわからないよ……。

せっかく、アオハルチャレンジって口実《こうじつ》まで作《つく》って、はげましにきたのに。

わたしたち、なにもできないの……？

だけどそのとき。

「――あのさ、ちょっといい？」

重《おも》たい空気《くうき》の中《なか》、声《こえ》を発《はっ》したのは千鶴《ちづる》。

ライは、まるで千鶴《ちづる》にはじめて気《き》づいたみたいに、目《め》をむけた。

「えーと、はじめまして。あたし、クルミくんと同《おな》じクラスの、冬樹《ふゆき》千鶴《ちづる》っていうんだけど」

姿勢《しせい》のいい千鶴《ちづる》が、クールな口調《くちょう》でいきなり自己紹介《じこしょうかい》をはじめる。

「ああ、どうも……」

とまどってるライにかまわず、千鶴《ちづる》はつづける。

「ライのダンス動画《どうが》、いつも見《み》させてもらってる。あたし、『雪姫《ゆきひめ》』って名前《なまえ》でライのSNSをフォローしてるんだけど」

「え、雪姫《ゆきひめ》？　ひょっとして、よくコメントをくれる、あの雪姫《ゆきひめ》!?」

「たぶん。その雪姫《ゆきひめ》」

「マジ？　え、雪姫《ゆきひめ》って同《おな》い年《どし》だったのか。しかもユウと同《おな》クラ？」

急《きゅう》に落《お》ちつきをなくすライ。

どうやらライも千鶴《ちづる》のことを認知《にんち》してたみたい。

だけど、千鶴《ちづる》がファンで、ライが推《お》されてる側《がわ》なんだよね？

まったく落《お》ちついた様子《ようす》の千鶴《ちづる》と、とつぜん、SNS上《じょう》でしか知《し》らなかった雪姫《ゆきひめ》と会《あ》って、おどろきがかくせないライ。

なんか、推《お》す人《ひと》と推《お》される人《ひと》のリアクションが、逆《ぎゃく》じゃない？

けど、ライの気持《きも》ちもわかる。

ネットでしか知《し》らなかった人《ひと》と直接会《ちょくせつあ》うのって、ドキドキするもんね。

「ごめん、いまのライとクルミくんの話《はなし》きかせてもらった。それであたし、思《おも》ったんだけどさ」

落《お》ちついて話《はな》していた千鶴《ちづる》の声《こえ》が、いきなり低《ひく》くなる。

まるでファンだなんて思《おも》えないような、強《つよ》い目《め》つきで、ライをにらみつける。

「――イメージダウンって、なにそれ!?　たしかに、ライのことをわるく言《い》う人《ひと》たちもいたよ。けど、そんなのほんの一部《いちぶ》でしょ。そんなのでライが萎縮《いしゅく》して活動《かつどう》やめたら、いままでずっと推《お》してたあたしらファンの立場《たちば》がないっての！！」

すごい迫力《はくりょく》。

こんなに怒《おこ》った千鶴《ちづる》を見《み》るのなんて、わたしもはじめてだよ。

いきなり怒鳴《どな》りつけられて、ライもうろたえてる。

「え？　や、でも、現《げん》にアンチのコメントがいっぱい……」

「うん、たくさんあったね。ファンが反論《はんろん》して、代理戦争《だいりせんそう》になってたね。そのせいでひどい騒《さわ》ぎになったね。でもさ！　それってつまりライを応援《おうえん》してる人《ひと》もたくさんいるってことじゃん！」

「え？」

千鶴《ちづる》は目《め》を丸《まる》くするライに、さらに問《と》いかける。

「どんなこと書《か》かれてたか、覚《おぼ》えてる？」

「あ、ああ……。応援《おうえん》してるのにガッカリしたとか、練習《れんしゅう》サボって遊《あそ》んでたんじゃないかとか」

「ライを応援《おうえん》するコメントのほうは？　なにを覚《おぼ》えてる？」

「えーと……」

「思《おも》いだせない？　だよね、アンチコメントって見《み》てるだけで心《こころ》に刺《さ》さってくるからね。だけどさ！　わるく言《い》ってる人《ひと》よりも応援《おうえん》してる人《ひと》のほうが、絶《ぜっ》、対《たい》、に、多《おお》かったんだよ！　あたしもその1人《ひとり》！　あんたのこと、めちゃくちゃ応援《おうえん》してきたし、あのときアンチにバカヤローって言《い》ってたの！」

あっ。千鶴《ちづる》も、あの代理戦争《だいりせんそう》に参加《さんか》してたんだ。

「こういうの、ファンの一方的《いっぽうてき》なワガママかもしれないけどさ！　そういう声《こえ》も、きいてよ！　アンチの意見《いけん》ばかりで頭《あたま》いっぱいにして、ため息《いき》ついてるなんてライらしくない！　ライは、踊《おど》りで！　ぜんぶ！　はねかえすんでしょーが！！！」

マシンガンみたいに、ズバズバ話《はな》していく千鶴《ちづる》。

それを見《み》て、わたしはおどろいた。

――これまで千鶴《ちづる》のこと、人《ひと》との距離間《きょりかん》を大事《だいじ》にする人《ひと》だって思《おも》ってたけど。

いまは、ライのデリケートな部分《ぶぶん》に、がんがん踏《ふ》みこんでる。

でも、その顔《かお》を見《み》ていると、ハンパな気持《きも》ちからじゃないっていうのが伝《つた》わる。

ファンだから？　ううん、それだけじゃない。

いま、言《い》わなきゃいけない、絶対《ぜったい》に伝《つた》えたいことがあるから、傷《きず》つけたり嫌《きら》われたりする覚悟《かくご》をもって、踏《ふ》みこんでるんだ。

千鶴《ちづる》が言葉《ことば》を切《き》ると、あたりがシーンとなった。

言葉《ことば》のマシンガンを撃《う》ちこまれたライは、おどろきに目《め》を見《み》ひらいたまま。

興奮《こうふん》ぎみだった千鶴《ちづる》は、じょじょに落《お》ちつきをとりもどしていく。

「……………ごめん、一方的《いっぽうてき》にわめいて。ただのめんどうなファンだと思《おも》って、きき流《なが》していいよ」

一呼吸《ひとこきゅう》して、千鶴《ちづる》が、さっきとはうってかわって、気《き》まずそうな小《ちい》さな声《こえ》でつけ足《た》したけど。

千鶴《ちづる》がはなった言葉《ことば》は、じっくり、ライにしみこんでるような気《き》がするよ。

すると星野《ほしの》も口《くち》を開《ひら》いた。

「オレは、アンタのこと、なんとなく知《し》ってるってくらいだったけどさ。はじめてさっき、生《なま》でダンスを見《み》て、スゲーって思《おも》ったよ。なんというかこう…………超《ちょう》スゲ――、って！」

**星野《ほしの》、語彙力《ごいりょく》――！**

だけど、熱意《ねつい》は伝《つた》わってくる。

「悪口《わるくち》言《い》われたからおとなしくするってのは、ちがうんじゃねーの？　ゴチャゴチャ言《い》ってくるやつなんか、ダンスで黙《だま》らせろよ。アンタなら、できるだろ」

語彙力《ごいりょく》はともかく、星野《ほしの》、いいこと言《い》った！

すると、クルミくんもつづけた。

「オレは、ずっと雷《らい》を間近《まぢか》で見《み》てきて、どれだけ真剣《しんけん》にやってるか知《し》ってるから。アンチの意見《いけん》なんて関係《かんけい》ない。オレにとって雷《らい》は最高《さいこう》のダンサーだから。これからも雷《らい》らしく踊《おど》ってほしいし、オレはそれを撮《と》りたい！」

「……！」

ライ、きいた？

最高《さいこう》のダンサーだって。親友《しんゆう》が言《い》ってるよ。

昔《むかし》からのファンと、今《いま》なりたてのファンも。

テキトーなこと言《い》うアンチと、どっちを信《しん》じる？

「お前《まえ》ら……」

わたしたちを見《み》まわして、固《かた》まったライ。

それから、ライの目《め》が、カッと見《み》ひらかれた。

「そうだな………アンチの声《こえ》にビビるなんて、オレらしくねーか」

その瞳《ひとみ》の中《なか》に、火《ひ》が灯《とも》ったような気《き》がして。

はじめて会《あ》ったときのライに、少《すこ》しもどったみたい。

「文句《もんく》を言《い》わせねーくらいにならねーとな。――なあユウ、オレからたのんでもいいか。オレの写真《しゃしん》、ユウに撮《と》ってほしい。アオハルチャレンジに使《つか》ってくれよ」

「！　もちろんだよ！」

やった！

クルミくんの――わたしたちの言葉《ことば》が、届《とど》いたんだ！

ライは、止《と》めてた音楽《おんがく》をふたたび流《なが》して、ステップをふみだす。

さっきの怖《こわ》いくらいだった動《うご》きとは、また印象《いんしょう》がちがってる。

心《こころ》なしか、動《うご》きのキレが増《ま》してて、さっきよりもさらに近《ちか》くで観《み》るライのダンスは、やっぱりキラキラした光《ひかり》を放《はな》っているみたい。

クルミくんは、カメラをむけて、カシャッとシャッターを切《き》った。

**カシャカシャカシャカシャ**
連写《れんしゃ》するシャッター音《おん》。

ライに負《ま》けないくらい真剣《しんけん》な表情《ひょうじょう》で、何回《なんかい》も。

ライが、クルミくんに視線《しせん》を送《おく》って、ニヤリとする。

ぐぐ、認《みと》めたくないけど、ちょっとカッコいいじゃない。

きっと2人《ふたり》は今《いま》までも、こんなふうに何度《なんど》も写真《しゃしん》を撮《と》って、撮《と》られて、きたんだろうなあ。

「……うらやましいな、こういうの」

もしかしたら、これから先《さき》も、ライのことを攻撃《こうげき》するやつは出《で》てくるかもしれない。

だけど、クルミくんのような親友《しんゆう》がいれば、きっと負《ま》けないよね。

2人《ふたり》の姿《すがた》は、とても輝《かがや》いて見《み》えた。

# 13 夏休《なつやす》みのアオハルチャレンジは…

それから、数日後《すうじつご》。

みんなが待《ま》ちどおしがってた、その日《ひ》がやってきた。

夏休《なつやす》みだよ、夏休《なつやす》み！

昨日《きのう》、終業式《しゅうぎょうしき》が終《お》わって（中学最初《ちゅうがくさいしょ》の通信簿《つうしんぼ》も、もらったけど……そのことはわすれよう）。

今日《きょう》から、いよいよはじまったの！

早起《はやお》きしなくてもいいし、制服《せいふく》も着《き》なくていい。

涼《すず》しい部屋《へや》で、ゴロゴロできる。

思《おも》いっきり羽《はね》をのばせる、長《なが》――いお休《やす》み、のはずなんだけど……。

夏休《なつやす》み初日《しょにち》の今日《きょう》、わたしたちは学校《がっこう》にやってきたの。

それも、プールサイドに。

これからプール遊《あそ》びっ!?

と思《おも》うかもしれないけど、水《みず》は抜《ぬ》かれていて、プールの中《なか》は、空《から》っぽ。

わたしたちが、これからはじめるのは……。

「――――**おーい、だれだよ？　プールの掃除《そうじ》をしようなんて言《い》いだしたやつは？**」

「ほむらだね」

「おーーい火花《ひばな》あぁ!?」

星野《ほしの》は声《こえ》を上《あ》げたけど、わたしはグイッとスマホをつきつける。

「だって、ほら、今度《こんど》のお題《だい》！　#夏休《なつやす》みにスプラッシュ　だよ。スプラッシュって水《みず》しぶきでしょ!?　そしたらちょうど先生《せんせい》が、プールの掃除《そうじ》してくれる人《ひと》を募集《ぼしゅう》してたから……」

そう、わたしたちがやってきた目的《もくてき》は、アオハルチャレンジ！

最初《さいしょ》はね、この#夏休《なつやす》みにスプラッシュ　を考《かんが》えたときは、ふつーにプールや海《うみ》で水遊《みずあそ》びできれば楽《たの》しいなーなんて思《おも》ってたの。

けどたまたまプール掃除《そうじ》の話《はなし》をきいて、予定《よてい》を変更《へんこう》したんだよね。

「学校《がっこう》の掃除《そうじ》なんて、ふだんからやってるだろ……」

「ウソばっか、星野《ほしの》はいつも、掃除《そうじ》サボってるじゃん。それにプールの掃除《そうじ》なんて、めったにできないじゃない。やってみたら、あんがいおもしろいアオハルチャレンジになるかも」

「星野《ほしの》、やりたくないなら、帰《かえ》ってもいいよ。あたしたちだけでチャレンジするから」

「えっ」

千鶴《ちづる》がクールな声《こえ》で言《い》うと、星野《ほしの》があわてた顔《かお》になる。

「だね。わたしたちだけで楽《たの》しくお掃除《そうじ》して、クルミくんに素敵《すてき》な写真《しゃしん》撮《と》ってもらうもんね♪」

「えっ。えっ」

「わたしは、やっとアオハルチャレンジに参加《さんか》できてうれしいよ」

と、腕《うで》まくりする香鈴《かりん》。

「おいおいおい、仲間外《なかまはず》れはカンベン〜〜〜」

と悲鳴《ひめい》をあげた星野《ほしの》に、わたしたちは声《こえ》をそろえて笑《わら》う。

そんなわけで、わたしたちいつものチャレンジャーメンバー、わたし、千鶴《ちづる》、星野《ほしの》に、香鈴《かりん》。

それにカメラを持《も》ったクルミくんの5人《にん》で、プールのお掃除《そうじ》、はじめます！

それぞれデッキブラシを手《て》に取《と》る中《なか》、クルミくんは、なぜか水《みず》のないプールにカメラをむけている。

「クルミくん、撮《と》ってるの？」

「うん。掃除前《そうじまえ》の様子《ようす》も撮《と》っておくほうが、こんなにキレイになりましたってわかるかと思《おも》って」

あっ、たしかに。

「じゃあさ、はじめる前《まえ》にあたしたちの写真《しゃしん》も撮《と》って。掃除《そうじ》のビフォーとアフターってことで」

「あ、それいいね。撮《と》ろう撮《と》ろう！」

千鶴《ちづる》のアイディアに、のっかる香鈴《かりん》。

2人《ふたり》ともすでに、汚《よご》れる気《き》まんまん。

ふだんは雨《あめ》のとき、ちょっと泥水《どろみず》がはねただけでも「えー」ってなるのに。

小《ちい》さいころの泥《どろ》あそびするぞっ！ってときのようなテンションになってる！

もちろんわたしも！　みんな、集合集合《しゅうごうしゅうごう》！

それぞれデッキブラシをかまえてポーズ！

「それにしても……けっこう汚《よご》れてるもんだね」

水《みず》のないプールを見《み》ると、底《そこ》には、こびりついた塩素《えんそ》や、干《ひ》からびてはりついた汚《よご》れもあって。

これを全部取《ぜんぶと》るのは、けっこう大変《たいへん》かも。

「とりあえず、はじめてみよっか」

さっそくそれぞれがデッキブラシを手《て》に、お掃除開始《そうじかいし》！

――と思《おも》ったそのとき。

「よー、ユウ。やってるかー」

って、声《こえ》がした。おっと、この声《こえ》は……？

「あれ、雷《らい》」

「は、なんで!?」

振《ふ》りむくと、そこにいたのは、ライ！

サングラスをかけたすがたは、すらっとした身長《しんちょう》もあって、ぜんぜん中学生《ちゅうがくせい》に見《み》えない！

香鈴《かりん》も、ビックリして目《め》を丸《まる》くしてるけど、それもそのはず。

だってライは、うちの学校《がっこう》の生徒《せいと》じゃないもの！

「ライ、なんでここにいるの!?」

「ユウにきいたんだよ。アオハルチャレンジで、今日《きょう》プール掃除《そうじ》をするって。あいかわらず物好《ものず》きだよな――と思《おも》ってさ」

ちょっと、言《い》い方《かた》！

「まあでも、おまえらには世話《せわ》になったからな。手伝《てつだ》ってやろうかと思《おも》って」

あっけらかんというライには、この前会《まえあ》ったときの思《おも》いつめた感《かん》じはカケラもない。

きっと、千鶴《ちづる》やクルミくんの言葉《ことば》に背中《せなか》を押《お》されて、乗《の》りこえたんだね。

あのあとライは、ＳＮＳに投稿《とうこう》した。


**心配《しんぱい》かけてごめんな。ケガはしてねーし、これからもがんばるぜ！**


ついでに、クルミくんが撮《と》った動画《どうが》もつけて。

以前《いぜん》の騒動《そうどう》のせいか、**「ぜんぜんこりてないよ。顔《かお》だけダンサー」**みたいな中傷《ちゅうしょう》もあったけど。

心配《しんぱい》してたファンが、たくさんコメントをつけていた。

**「ケガしてなくてよかった」「これからもがんばって踊《おど》りつづけて！」**ってね！

それから、ライはもうアンチに振《ふ》りまわされることなく、投稿《とうこう》してる。

もう大丈夫《だいじょうぶ》そうだねって安心《あんしん》して見《み》ていたけど……

ま、まさかここに現《あらわ》れるなんて！

「手伝《てつだ》うなんて言《い》って。本当《ほんとう》は、クルミくんに会《あ》いたかっただけじゃない？」

と、わたしは、イジワルっぽく言《い》ってみる。

するとライも、ニヤリとして、

「……バレたか。おまえらばかりクルミとからむのは、しゃくだからな。今度《こんど》オレのSNSでも、アオハルチャレンジやってみようと思《おも》って。その第《だい》1号《ごう》のネタに、ちょうどいいだろ？」

「え、ライもアオハルチャレンジを？　っていうか、ダンス以外《いがい》のポストは、やめるって言《い》ってなかった？」

「一瞬《いっしゅん》、そう思《おも》ってたんだけどさ。このあいだ、雪姫《ゆきひめ》――冬樹《ふゆき》が、ファンの声《こえ》をきいてよって言《い》ってただろ」

弱気《よわき》になってたライに、ガツンと言《い》ったときだ。

「それであらためてコメントを見《み》かえしてみたら、ダンス以外《いがい》のポストにも、おもしろいって言《い》ってるやつがけっこういたんだよ。そもそも、全部《ぜんぶ》オレが好《す》きではじめたことだし。人《ひと》からどう見《み》えるか気《き》にしてやめるのも、バカらしいって気《き》がして。オレがやりたいと思《おも》うことをやるよ」

そう言《い》いながら、チラッと千鶴《ちづる》を見《み》る。

千鶴《ちづる》も、にやっと笑《わら》いかえした。

ライの大《だい》ファンでも、あの日《ひ》、あのとき以外《いがい》は、ちっとも態度《たいど》が変《か》わらない。

千鶴《ちづる》のそういうところって、やっぱり好《す》きだな。

そしてライも。きっと、それでいい。

ライが、やりたいことを、ガマンすることないもんね。

「ダンスしかポストしない」なんてルールを、自分《じぶん》で決《き》める必要《ひつよう》なんかないんだから。

「それはいいけど……ほかの学校《がっこう》にいるのは、まずいんじゃない？」

と心配《しんぱい》そうにしてるのは、クルミくん。

「堂々《どうどう》としてりゃ、ばれないだろ」

「そうかなあ？　そんな派手《はで》な服着《ふくき》た人《ひと》がうろついてたら目立《めだ》つよ、いくら夏休《なつやす》みでも……」

と、まじめな香鈴《かりん》のツッコみ。

「有志《ゆうし》の掃除《そうじ》に参加《さんか》するだけだぜ？　問題《もんだい》ないって」

「そんなわけある!?」

と、わたしがツッコんだところに……

「おーい、お前《まえ》たちー。しっかりやってるかー？」

「「「「！」」」」

わ～～～～～～～っ！

言《い》ってるそばから、先生《せんせい》がきちゃったよ！

マズイ、ライが見《み》つかっちゃう！

「おいっライ、プールの中《なか》でしゃがめぇ！」

と小声《こごえ》で指示《しじ》する星野《ほしの》。

「みんなで壁《かべ》をつくってライを隠《かく》すんだ！」

みんなで、大《おお》いそぎで横一列《よこいちれつ》にギュッとならんで、先生《せんせい》にピシッとむきなおる。

「はーい！　がんばりまーす！」

さいわい、先生《せんせい》は気《き》づいてないみたい。

「いやー、暑《あつ》いのにわるいなー」

「えへへ……みんなでやれば楽《たの》しいし、すぐですからぁー」

なんてこたえる、緊張感《きんちょうかん》はハンパじゃない。

先生《せんせい》が「よーし先生《せんせい》も少《すこ》し手伝《てつだ》うぞー」なんて、プールの敷地内《しきちない》に入《はい》ってきたら、ば、バレちゃうよー！！！

「あ、これ、差《さ》し入《い》れな。凍《こお》らせたスポドリ。

熱中症《ねっちゅうしょう》にならないよう、こまめに休《やす》んでくれよ。水分補給《すいぶんほきゅう》もしっかりな」

「わ、わーい、ありがとうございまーす！」

先生《せんせい》はスポーツドリンクの入《はい》ったビニール袋《ぶくろ》を入《い》り口《ぐち》の日《ひ》かげにおくと、汗《あせ》をふきふき、職員《しょくいん》室《しつ》のほうにもどっていく。

……もう、だいじょうぶ？

先生《せんせい》のすがたが見《み》えなくなったあと、わたしたちは安堵《あんど》の息《いき》をもらした。

「あー、ビックリしたー。ヒヤヒヤしたわー」

「まだ掃除《そうじ》はじめてないのに、どっとつかれたよ」

けどわたしたちを、こんなにびびらせた当《とう》のライは、立《た》ちあがって、おかしそうに笑《わら》う。

「まあまあいいじゃねーか！　ちょっとくらいスリルあったほうが、青春《せいしゅん》っぽいよな！」

**「「「アンタが言《い》うなー！」」」**

みんなで、いっせいにツッコんで。

なぜかライでなくクルミくんが、となりで、

「雷《らい》がほんと、ゴメン……」

と、あやまっていた。

## 14 青春《せいしゅん》スプラッシュ!

なんやかんやあったけど、わたしたちはそれぞれ、ブラシを手《て》に、プール掃除《そうじ》をはじめる。

2学期《がっき》もプールの授業《じゅぎょう》はあるんだから、しっかり掃除《そうじ》しないとだね。

「ずいぶん汚《よご》れてるじゃねーか。これはやりがいあるなー」

けっこうまじめに、ブラシでプールの底《そこ》を、こするライ。

「あの人《ひと》、本当《ほんとう》に入《はい》ってて大丈夫《だいじょうぶ》!?」

って、香鈴《かりん》は、まだ心配《しんぱい》してるけど。

「まじめに掃除《そうじ》手伝《てつだ》ってるだけなら、先生《せんせい》も文句《もんく》言《い》えないでしょ」

「人数《にんずう》が多《おお》いと、助《たす》かるしさ」

なんて言《い》いながら、手《て》を動《うご》かしていく。

ジリジリ照《て》りつける太陽《たいよう》は、やっぱりめちゃ暑《あつ》い。

プールは広《ひろ》くて、かんたんには終《お》わらないかと思《おも》ったけど、みんなで進《すす》めたら、だいぶいい感《かん》じになってきたかも!?

「そろそろ終《お》わりでもいいかなー？」

と、全体《ぜんたい》を見《み》まわした香鈴《かりん》が言《い》う。

「いいだろー！　もうそろそろ暑《あつ》くて限界《げんかい》！」と星野《ほしの》。

あ、でもそれなら。

「ねえねえ、総仕上《そうしあ》げに、みんなでブラシがけ競走《きょうそう》しないっ!?」

「競走《きょうそう》？」

「そう。プールの端《はし》から端《はし》まで、だれが一番早《いちばんはや》くブラシがけできるかレース！」

「おー、いいじゃん。最下位《さいかい》の人《ひと》は、優勝《ゆうしょう》した人《ひと》にアイスをおごることにしようぜ！」

「絶対《ぜったい》やる！　負《ま》けねーからな！」

デッキブラシをカッコつけてかまえて、やる気《き》になってる星野《ほしの》。

ふだんの掃除《そうじ》はサボるくせに、こういうことになるとはりきるなあ。

「おーいユウ、おまえも参加《さんか》しろよ」

「そうだそうだ」

と、ライと星野《ほしの》くんが声《こえ》をかけてる。

「えっ、でも……」

ためらうクルミくんに、わたしが両手《りょうて》をさし出《だ》した。

「カメラあずかるよ！　今日《きょう》のメインイベントだもん、クルミくんも参加《さんか》して」

と言《い》うと、クルミくんはあんがいすなおに、わたしの手《て》の上《うえ》にカメラをのせてくれた。

ふふ。ブラシがけ競走《きょうそう》、クルミくんも、ちょっとやってみたかったのかも？

わたしは、いつものクルミくんのように、大切《たいせつ》なカメラを自分《じぶん》の首《くび》からかけた。

クルミくんのとなりには、千鶴《ちづる》もブラシを片手《かたて》にスタンバイしてる。

「あ、千鶴《ちづる》も参加《さんか》するんだ」

「あたりまえでしょ。言《い》っとくけど、あたし負《ま》けないから。とくに星野《ほしの》とライには」

と、決《き》め顔《がお》であおる千鶴《ちづる》。

「なんだとー!?」

「それでもオレのファンか！」

「勝負《しょうぶ》にファンもなにもないの。勝負《しょうぶ》となったら、あたしは勝《か》つよ！」

あはは。千鶴《ちづる》ってあんがい負《ま》けずギライだよね～。

「そうだ、せっかくだから動画《どうが》でとろうっ！」

わたしは、プールサイドにおいていたスマホを持《も》ってきて、みんなにカメラをむける。

これが体育《たいいく》の授業中《じゅぎょうちゅう》や掃除《そうじ》の時間《じかん》なら、スマホは禁止《きんし》だし、絶対《ぜったい》、怒《おこ》られてる。

でも今《いま》は例外《れいがい》！

「じゃあ、わたしが審判《しんぱん》やるね。はーいならんでならんで」

と、香鈴《かりん》が仕切《しき》る。

プールのはしに4人《にん》ならんだところを、選手紹介《せんしゅしょうかい》のようにカメラに映《うつ》す。

「第《だい》1コース～　冬樹千鶴選手《ふゆきちづるせんしゅ》～！」

香鈴《かりん》が、場内《じょうない》アナウンスのように告《つ》げる。

まじめな子《こ》だけど、意外《いがい》とノリがいいんだよなあ。

千鶴《ちづる》は、周囲《しゅうい》の歓声《かんせい》にこたえるかのように、片手《かたて》をあげて、自信《じしん》まんまんの笑顔《えがお》を見《み》せる。

「第《だい》2コース～　久留実《くるみ》ユウ選手《せんしゅ》～！」

クルミくんは、両手《りょうて》でしっかりとデッキブラシを持《も》って、ペコリと頭《あたま》を下《さ》げる。

「第《だい》3コース～　東條雷《とうじょうらい》せんしゅ……ひゃっ」

名前《なまえ》がコールされるなり。

バッ！　ライが、その場《ば》で華麗《かれい》にバク宙《ちゅう》を決《き》めて、見事《みごと》な着地《ちゃくち》とともにポーズ！

香鈴《かりん》の目《め》がまんまるになる。

さすが、ダンサー・ライ！

今日《きょう》はじめてライに会《あ》った香鈴《かりん》は、おどろいて、声《こえ》が出《で》なくなっちゃったみたい。

「……えっすごいすごい……ええと、第《だい》4コースはもういいや……」

「なんでやねん！　オレも出《で》るわ！　星野《ほしの》ハヤテだ！　名前《なまえ》ここまで出《で》てないぞ！」

雑《ざつ》に片《かた》づけられて、ぷんすかさわぐ星野《ほしの》。

「6コースを4人《にん》で掃除《そうじ》するんだから、それぞれ1・5レーンぶんゴシゴシするんだよ。じゃあ位置《いち》について、よ――――い……スタート！！！」

合図《あいず》とともに、いっせいにお掃除開始《そうじかいし》！

すばやくブラシを左右《さゆう》に動《うご》かしながら、ダッシュ。

飛《と》びだしたのは星野《ほしの》とライ。

2人《ふたり》とも競《きそ》いあって、猛烈《もうれつ》なスピードで進《すす》んでいく。

それから少《すこ》し遅《おく》れて、左右《さゆう》にリズミカルにブラシを振《ふ》って進《すす》む千鶴《ちづる》。

最後《さいご》は、クルミくんだ。

逆《ぎゃく》のゴール側《がわ》に移動《いどう》していたわたしは、真正面《ましょうめん》からレースの様子《ようす》を撮影《さつえい》する。

「星野《ほしの》かライが優勢《ゆうせい》だね」

「でも待《ま》って。――ちょっとライ選手《せんしゅ》、星野選手《ほしのせんしゅ》！　汚《よご》れが落《お》ちていません！　スタート地《ち》点《てん》にもどってやりなおしてください！」

審判役《しんぱんやく》の香鈴《かりん》が声《こえ》をあげて……言《い》われてみると……本当《ほんとう》だ。

最初《さいしょ》にくらべたらキレイになってるとはいえ、ところどころに汚《よご》れが残《のこ》ってる。

うしろにいる千鶴《ちづる》やクルミくんとくらべると、ぜんぜんちがうよ！

「ブラシがけ競走《きょうそう》だってわすれてない？　ちゃんと掃除《そうじ》できてるかどうかも判定《はんてい》に影響《えいきょう》するよ」

「どえええええ!?　マジかよ!?」「先《さき》に言《い》ってくれー！」

さけびながらも、ふたたびスタート地点《ちてん》までダッシュするライと星野《ほしの》。

「あははははっ！」

なにこれ、おかしすぎ。

インフルエンサーとか、もはや関係《かんけい》ない。

すっかり、ただの同《おな》い年《どし》どうしっぽくなってるじゃん！

さて、これで上位《じょうい》と下位《かい》が入《い》れ替《か》わった。

トップになった千鶴《ちづる》から、少《すこ》し遅《おく》れて、マイペースにクルミくんがつづいている。

「千鶴《ちづる》ー、もう少《すこ》しだよー！」

「クルミくんもがんばってー！」

わたしは撮影《さつえい》をしながら、声援《せいえん》を送《おく》る。

最後《さいご》に、クルミくんが少《すこ》しスピードをあげたけど、先《さき》にゴールしたのは千鶴《ちづる》。

「よっしゃっ！」

カッコよく、人差《ひとさ》し指《ゆび》を高々《たかだか》と天《てん》にあげる千鶴《ちづる》。

少《すこ》し遅《おく》れて、クルミくんも、ちょっと息《いき》を荒《あら》らげながらゴール。

さて、残《のこ》った星野《ほしの》とライは……。

「あれ？　ねえ星野《ほしの》、なんでそんなとこで寝《ね》てるのー？」

目《め》をやると、なぜかプールの底《そこ》に、かえるみたいにへばりついていた星野《ほしの》……。

声《こえ》をかけると、むくっとおきあがった。

「ころんだんだよっ！　見《み》てなかったのか!?」

「え、ごめん！　千鶴《ちづる》とクルミくんに注目《ちゅうもく》しちゃってた。だいじょうぶ？　ケガしてない？」

「ちょっと鼻打《はなう》っただけだよ。……火花《ひばな》って、あいかわらずオレのこと撮《と》ってくれねーのな。いや、カッコ悪《わる》いとこ撮《と》られなかったんだから、これでいいのか？」

星野《ほしの》がなんかぶつぶつ言《い》っている、その間《あいだ》にライがゴール地点《ちてん》にたどりついた。

「うわ——これ、ブラシ振《ふ》るのけっこーキツいな!?　ちょっとした筋《きん》トレだぜこれ!?」

なんてぼやきながらも、おおきな口《くち》を開《あ》けて笑《わら》うライを、わたしはアップにして、パシャッと写真《しゃしん》をとった。


「ぷは——！　しみるね！」

競走《きょうそう》のあとは、更衣《こうい》スペースの日陰《ひかげ》におかれたベンチで、一休《ひとやす》み。

日陰《ひかげ》に入《はい》るだけで、だいぶ涼《すず》しい。

わたしたちは、先生《せんせい》が差《さ》し入《い》れてくれた、ちょうどよく溶《と》けたスポーツドリンクを飲《の》む。

「あとで、もうひと勝負《しょうぶ》するか？　今度《こんど》は火花《ひばな》もやろうぜ」

と星野《ほしの》。

けどあいにく、もうプールの底《そこ》はすっかりキレイだよ。

炎天下《えんてんか》に、これ以上《いじょう》がんばらなくていいんじゃない？

「ブラシがけ競走《きょうそう》は、また来年《らいねん》やろうよ」

「気《き》の長《なが》い話《はなし》だな！　まあいいや。来年《らいねん》なっ！　次《つぎ》こそはオレが勝《か》つからなっ」

冗談《じょうだん》で言《い》ったのに、来年《らいねん》もやる気《き》まんまんな星野《ほしの》。

いつもはまじめに掃除《そうじ》しないくせに。

「そういえば、ほかのアオハルチャレンジャーは、どんな投稿《とうこう》をしてるんだろうね」

なんて言《い》いながら、千鶴《ちづる》が片手《かたて》でスマホを操作《そうさ》してる。

「やっぱり、プールや海《うみ》で水遊《みずあそ》びしてる写真《しゃしん》が多《おお》いね」

「あ、水《みず》につっこむジェットコースターの写真《しゃしん》もある。楽《たの》しそう！」

いいなあ、どこの遊園地《ゆうえんち》だろう？

派手《はで》に水《みず》しぶきが飛《と》んでて、迫力《はくりょく》あるなあ。

ほかにも、水族館《すいぞくかん》のイルカショーの写真《しゃしん》をポストしてる人《ひと》もいる。

夏休《なつやす》みだけあって、遊《あそ》びにでかけてる人《ひと》が多《おお》いね。

そして、みんな笑顔《えがお》！

「そういえばユウ、小学校《しょうがっこう》の修学旅行《しゅうがくりょこう》で水族館《すいぞくかん》にいったとき、いっしょに全身《ぜんしん》ずぶ濡《ぬ》れになったよなあ」

「あれはっ！　雷《らい》が、写真撮《しゃしんと》るなら最前列《さいぜんれつ》にいこうって言《い》ったからでしょ。持《も》ってたのが防水《ぼうすい》カメラだったからよかったけど」

とクルミくんが口《くち》をとがらせて抗議《こうぎ》する。

「そうだ。あのとき雷《らい》、巨大《きょだい》なラッコのぬいぐるみ買《か》ったよね。あれって、今《いま》どうしてる？」

「ああ、バスで補助席《ほじょせき》に座《すわ》らせてたアイツな。もちろんまだ部屋《へや》にいるぜ。そうだ、今度《こんど》ＳＮＳに写真《しゃしん》をポストするか」

え、ライが？　ラッコのぬいぐるみを？

「ライって、ラッコ好《す》き……なの？」

「そういうわけじゃねーけど、売店《ばいてん》で目《め》が合《あ》ったんだよ。つい旅行《りょこう》のテンションで買《か》っちまった」

ライがぬいぐるみだなんて、かなり意外《いがい》。

けど、カッコいいじゃなくて、かわいい一面《いちめん》も、いいね！

もしかしたら、新《あたら》しい一面《いちめん》を見《み》られてファンが増《ふ》えるかも。

「さて、そろそろ、帰《かえ》る準備《じゅんび》するか？」

「あっ、ちょっと待《ま》って」

と、わたし。

じつはもう1つ、このチャンスに、ためしたいことがあったんだ。

水道《すいどう》から伸《の》びたホースを手《て》に取《と》る。

トリガーを引《ひ》くと、水《みず》が出《で》てきた。

その水《みず》を、左右《さゆう》に振《ふ》ってみる……けど。

「あれー？　できないな、なんでだろう？」

「なにやってんだ、火花《ひばな》？」とライがつっこんでくる。

「あのね、さっき洗剤《せんざい》を流《なが》すためにホースで水《みず》をまいたとき、一瞬《いっしゅん》、虹《にじ》がかかったの。あれ、もう一度《いちど》作《つく》れないかなって思《おも》ったんだけど……」

青《あお》い空《そら》に一瞬《いっしゅん》かかった、虹《にじ》。

これも、スプラッシュ、でしょ!?

「自分《じぶん》で虹《にじ》を作《つく》るチャレンジ？　おもしろそう！」

でも、今《いま》はホースの先《さき》から水《みず》が出《で》ていくばかりで、虹《にじ》ができない。

「さっきと、なにがちがうんだろう？」

「調《しら》べてみるか。――［虹《にじ》　作《つく》り方《かた》　ホース］で検索《けんさく》したら……ほら、あったよ」

早《はや》っ！

千鶴《ちづる》ってば、10秒《びょう》で虹《にじ》の作《つく》り方《かた》を見《み》つけちゃったよ。

「えーとなになに？　太陽《たいよう》を背《せ》にして、水《みず》が霧状《きりじょう》になるようにしてまく、だって」

あっ、なるほど。

ただ水《みず》をまけばいいんじゃなくて、ちゃんとコツがあったんだ。

ホースの先《さき》には、水《みず》の出《で》かたを調整《ちょうせい》するレバーがついている。

きっとさっきは霧状《きりじょう》になるよう、設定《せってい》してあったんだね。

「ここをこうして……こんな感《かん》じ？」

「あっ、できた！」

「すごい！　本当《ほんとう》に虹《にじ》ができてるよ！」

たくさんの水《みず》の粒子《りゅうし》の中《なか》に、七色《なないろ》の光《ひかり》がアーチを描《えが》いている。

「クルミくん、カメラカメラ！」

「うん！　撮《と》ってるよ！」

って、クルミくんのうれしそうな声《こえ》に、カシャカシャカシャッという連写《れんしゃ》の音《おと》が重《かさ》なる。

「……火花《ひばな》さんのアイディアには、毎回驚《まいかいおどろ》かされるよ」

「火花《ひばな》、オレにもかせよ。水《みず》の量《りょう》増《ふ》やせば、もっとハッキリしたのが作《つく》れるんじゃないか？」

と言《い》うライに、水《みず》のでているホースをわたす。
けど香鈴《かりん》が。
「虹《にじ》って、水《みず》の量《りょう》を増《ふ》やせば濃《こ》くなるってもんじゃなかったと思《おも》うけど。たしか、水《みず》の粒子《りゅうし》の大《おお》きさや、光《ひかり》の当《あ》たる角度《かくど》で、変《か》わるんじゃなかったっけ？」
「へ〜、そんな仕組《しく》みなんだ。香鈴《かりん》って物知《ものし》り〜！」

「光《ひかり》の当《あ》たる角度《かくど》……つまり、ホースの位置《いち》を変《か》えればいいんだな。こうか……あっ！」

「ぶわっ⁉」

急《きゅう》にホースの角度《かくど》を変《か》えたもんだから、でていた水《みず》がわたしの顔《かお》を直撃《ちょくげき》！

なにやってんの、びしょ濡《ぬ》れじゃん！

**「ラ〜イ〜！」**

「悪《わる》いわるい、わざとじゃないって」

「ええーい、同《おな》じ目《め》にあわせてやるー！」

わたしがホースを取《と》りあげて、逃《に》げるライをおいかけまわすと、みんなはそれを見《み》て大爆笑《だいばくしょう》。

「あははっ！　2人《ふたり》ともなにやってるのよ」

「お前《まえ》らだけで遊《あそ》ぶな、オレもまぜろ！」

「え、ちょっと。これ止《と》めなくていいの〜⁉」

もうプール掃除《そうじ》じゃなくて、完全《かんぜん》に水遊《みずあそ》び。

けど、こういうのいいよね！　サイコー！

みんなではしゃぐこの時間《じかん》は、すっごく楽《たの》しかった！

# 15 1人《ひとり》でも、みんなでも

さんざんはしゃいだあと、片付《かたづ》けをして、香鈴《かりん》とクルミくんが職員室《しょくいんしつ》に終了《しゅうりょう》のあいさつをしてきた。

全身《ぜんしん》びしょびしょになったわたしたちは、かるくタオルで拭《ふ》くだけにして、あとは、そのまま帰《かえ》ることにする。

足下《あしもと》はビーチサンダルで帰《かえ》っちゃえ！

日差《ひざ》しを受《う》けて、びしょびしょの服《ふく》も、どんどん乾《かわ》いていくし。

いつもの学校《がっこう》からの帰《かえ》り道《みち》を、みんなでビーサンをペタペタ言《い》わせながら歩《ある》くのも楽《たの》しい！

このまま別《わか》れがたくて、わたしたちはコンビニでアイスを買《か》って、わたしのいきつけのスケボーができる公園《こうえん》に、より道《みち》することにした。

アイスを選《えら》ぶとき、星野《ほしの》が、

「千鶴《ちづる》、好《す》きなの選《えら》べよっ。さっきの勝負《しょうぶ》の約束《やくそく》だからな」

「え、まじで？　――じゃあ、半分《はんぶん》に分《わ》けられるアイスにしてあげるよ。半分《はんぶん》こしよう」

「うわああ――千鶴《ちづる》、おまえいいやつだな！　じつは小遣《こづか》いピンチだったんだ！」

なんてやりとりがあって、わたしたちは、また爆笑《ばくしょう》した。

香鈴《かりん》が、思《おも》いだしたみたいに言《い》う。

「そういえばクルミくん、#アオハルチャレンジ　の写真《しゃしん》を撮《と》ってたのは、写真部《しゃしんぶ》のホームページ用《よう》だったんだよね。だいぶ集《あつ》まった？」

すると、クルミくんの背筋《せすじ》が、少《すこ》し伸《の》びた。

あらたまったような声《こえ》で言《い》う。

「――うん。じつはさ、もう、ホームページを作《つく》るには、じゅうぶんな枚数《まいすう》撮《と》れているんだ。どれを載《の》せるか、選《えら》ぶのがこまっちゃうくらい」

あ、そうだったんだ。

クルミくん、おもいっきりいっぱいシャッター押《お》していたもんね。

「オレの写真《しゃしん》、ぜったい目立《めだ》つよう使《つか》ってくれよなっ。あと、イケメンに写《うつ》ってるやつな!?　まあオレは全部《ぜんぶ》イケメンだけど、一番《いちばん》のやつな!?」

と、星野《ほしの》が調子《ちょうし》よく念《ねん》を押《お》す。

でも、わたしもせっかくクルミくんに撮《と》ってもらったんだし、どんなふうに公開《こうかい》されるか、気《き》になるなあ。

それに、学校《がっこう》の部活《ぶかつ》のホームページなら、写真《しゃしん》が素顔《すがお》のままっていうのがいいよね！

ふだんSNSにアオハルチャレンジをポストするときは顔《かお》をかくしているけど、学校内限定《がっこうないげんてい》のページだから。

素顔《すがお》のアオハルチャレンジの写真《しゃしん》を公開《こうかい》する機会《きかい》なんて、きっとあまりないから、楽《たの》しみだよ
……なんて思《おも》っていたら。

クルミくんがあらたまった口調《くちょう》で言《い》ったんだ。

「うん……それで。いままでみんなに、たくさんつきあってもらったんだけど、今日《きょう》で終《お》わりにしようかな、と思《おも》ってる」

――えっ？

心臓《しんぞう》が、**ドキンッ**として。

口《くち》の中《なか》に残《のこ》っていた、最後《さいご》のアイスのかけらを、思《おも》わずごくん、と飲《の》みこんじゃった。

クルミくんを見《み》ると、ちょっとうつむきぎみに前《まえ》を見《み》ていて、視線《しせん》が合《あ》わない。

「――それまで、しゃべったこともなかったオレに、たくさん写真《しゃしん》を撮《と》らせてくれて――みんなありがとう。本当《ほんとう》に、感謝《かんしゃ》してる」

なんて、かたい口調《くちょう》で言《い》って頭《あたま》を下《さ》げるクルミくん。

ちょ。

ちょっとちょっとちょっと!?

「えっとクルミくん、それってまるで、お別《わか》れのあいさつみたいだけどっ……」

「…………」

返事《へんじ》がない～～～～っ!?

胸《むね》のあたりが、冷《つめ》た――くなっていくようで。

わたしは、おもわず口《くち》をぱくぱくさせてしまう。

「……クルミくん、それって、あたしたちともうアオハルチャレンジしないつもりってこと？」

千鶴《ちづる》が、冷静《れいせい》な声《こえ》で問《と》いかける。

責《せ》める感《かん》じじゃなくて、ただ事実《じじつ》を確認《かくにん》するような言《い》い方《かた》が、千鶴《ちづる》らしい。

そうだよね。

クルミくんは、どういう想《おも》いで言《い》いだしたのかな!?

たしかに「みんなでワイワイするのは苦手《にがて》」って言《い》ってたクルミくんだし。

でも、あたしたちとアオハルチャレンジをして、写真《しゃしん》を撮《と》って。

すごく楽《たの》しい時間《じかん》をすごせたと思《おも》っていたのに……。

クルミくんは、ちがったのかな？

「…………。みんなに、ずっと交《ま》ぜてもらうのも、申《もう》し訳《わけ》ないし」

と、クルミくんが、視線《しせん》を落《お》としたまま、ぽつりとそれだけ言《い》う。

え――っ、そんなふうに言《い》われたら。

クルミくんの本当《ほんとう》の気持《きも》ちがどこにあるのか、伝《つた》わらないよ……。

途方《とほう》にくれて見《み》まわすと、千鶴《ちづる》も、

星野《ほしの》も、香鈴《かりん》も、なんて言《い》えばいいのかわからないって顔《かお》をしてる。

と、そのとき。

**「ユウ。そういうとこだぞ！」**

キッパリした声《こえ》が、凍《こお》りついていた空気《くうき》を割《わ》った。

ライが、怒《おこ》ったみたいな顔《かお》で、クルミくんの前《まえ》で仁王立《におうだ》ちしている。

「お前《まえ》がいいやつなのはオレは知《し》ってるけど、そういうところ、すげえよくねえよ！　ちゃんと話《はな》せ！　ちゃんと人《ひと》に気持《きも》ち説明《せつめい》しろ！　勝手《かって》に扉《とびら》を閉《と》ざすなよ、けっこーそういうの相手《あいて》は傷《きず》つくんだぞ！」

ライ、めちゃくちゃ怒《おこ》ってる。

クルミくんが大好《だいす》きなライでも、こんな声《こえ》でどなるんだ!?

「お前《まえ》のことだから、自分《じぶん》がいてもみんなは楽《たの》しくないとか、温度差《おんどさ》があってしんどくなるときがあるとか思《おも》ってるんだろうけど。だったらちゃんと話《はな》せよな！」

「でも、そんなこと話《はな》しても迷惑《めいわく》かもしれないし……」

「一方的《いっぽうてき》に相手《あいて》をつきはなすほうが、よっぽど勝手《かって》なんだよ！　お前《まえ》は、お前《まえ》が思《おも》ってるより、ずっと、相手《あいて》にインパクト与《あた》えてんだってこと、もっとわかれよ！」

つきつけた指《ゆび》で、クルミくんの心臓《しんぞう》を押《お》すみたいに、とん、と胸《むね》をつく。

クルミくんのスイッチを押《お》すみたいに。

「――なあ、そもそもよくわかんねーんだけど。クルミは写真撮《しゃしんと》るために、しかたなくオレたちにつきあってたのか？」

と星野《ほしの》。

クルミくんは、あわてたように、「ちがうよ！」って声《こえ》をあげる。

「そういうつもりじゃないんだ。……でも、なんて言《い》えばいいんだろう。たぶんオレは、会話《かいわ》のテンポや感《かん》じ方《かた》が、ほかの人《ひと》とズレてるんだ。みんなと楽《たの》しくすごしてても、ここにオレがいていいのかなって気持《きも》ちになることがあって……」

まるでこの世《よ》の終《お》わりみたいに、苦《くる》しそうなクルミくん。

つまり、違和感《いわかん》があるってこと？

「そういうときって、クルミくん、しんどいの？」

と香鈴《かりん》がおだやかな声《こえ》できく。

「しんどいっていうか……みんなの楽《たの》しい気分《きぶん》をジャマするのは申《もう》し訳《わけ》ないなって思《おも》う。それなら、１人《ひとり》でいたほうが迷惑《めいわく》かけないなって」

そういえば、最初《さいしょ》はわたしも、クルミくんと、話《はな》すきっかけを探《さが》すのに苦労《くろう》してたっけ。

タイプがちがうから、どう話《はな》しかければいいかわからないし、しゃべってもどこかぎこちない。

クルミくんは、いまでもわたしたちに、そんな感覚《かんかく》があるのかも？

だけど……だけどそれって……。

「そういうことってあるよ、クルミくん！」

わたしは声《こえ》をはる。

「え……？」

「みんなといっしょにいても、おんなじテンションになれなくてしんどいときだって、あるよ。だれにでもあるのかはわからないけど、わたしは、ある！　みんなに合《あ》わせてるうちに、楽《たの》しい気分《きぶん》になることもあるけど、そうじゃない日《ひ》も……そしたら、ちょっとみんなから離《はな》れて1人《ひとり》になっていいんだと思《おも》う。それで、気持《きも》ちが落《お》ちついたら、またからむ。……それじゃあダメ？」

「けど……1人《ひとり》になりたいって言《い》うくせに、都合《つごう》のいいときだけ交《ま》ぜてもらうとか、ずうずうしくない？」

「ぜんぜん！　もともと、こっちからクルミくんにからんでったのが、スタートなんだし！」

と、わたし。すると千鶴《ちづる》たちも。

「まあ、あたしたちノリがよすぎるっていうか。目《め》まぐるしいのは、ちょっとわかる。でも全部《ぜんぶ》につきあおうとしなくていいんだよ。それぞれマイペースにしよーよ」

「難《むずか》しく考《かんが》えすぎなくてだいじょうぶだよ、クルミくん。わたしだって、みんなが遊《あそ》ぶときに別《べつ》行動《こうどう》するの、最初《さいしょ》はドキドキしたけど、ほむらたちは気《き》にしないみたいだし」

口々《くちぐち》に言《い》うみんなの顔《かお》を、クルミくんは、とまどった顔《かお》で見《み》くらべている。

「——ユウって昔《むかし》から、マイペースな割《わり》に、変《へん》なところで気《き》を遣《つか》うよな。でも、こいつらにはいらないいんじゃないか。コイツらとアオハルチャレンジするの、イヤじゃないいんだろ？」

と、ライがきくと、クルミくんは、ちょっと泣《な》きそうな顔《かお》でうなずいた。

「……うん。楽《たの》しい」

「わたしたちだって同《おな》じだよ！　クルミくんとチャレンジするの楽《たの》しいし、クルミくんがどんな写真《しゃしん》を撮《と》るのか、ワクワクする！　だから——終《お》わらせないでほしいよ！」

わたしは、ほてった身体《からだ》をさらに熱《あつ》くしながら、うったえかける。

——お願《ねが》い、届《とど》いて！

祈《いの》るような気持《きも》ちでいると、クルミくんがゆっくりと顔《かお》をあげた。

「………うん、オレも。やらせてほしい」

「「「「……！」」」」

――っ！　よかったぁ！

みんなの間《あいだ》に張《は》りつめていた空気《くうき》が和《やわ》らいで、笑顔《えがお》がひろがる。

香鈴《かりん》が、ホッとしたみたいに言《い》う。

「よかった。クルミくん、1人《ひとり》になりたい気分《きぶん》のときは遠慮《えんりょ》なく伝《つた》えてよ。そうなんだなって思《おも》うようにするし」

「星野《ほしの》のウザがらみも、キッパリ迷惑《めいわく》って言《い》っていいんだよ？」

と千鶴《ちづる》。

「ウザがらみって言《い》うなよーっ。けど本当《ほんとう》に迷惑《めいわく》なら、うるさいって言《い》ってくれよな」

バンバン、体育会系《たいいくかいけい》ノリでクルミくんの背中《せなか》をたたく星野《ほしの》。

ちょっと、そーいうとこだよ！　って思《おも》うけど……。

クルミくんは、いやじゃないみたい。照《て》れたようなかわいい笑顔《えがお》で、うなずきかえしていた。

わたしは、チラリとライを見《み》る。

オレのほうがユウと仲《なか》がいいってつっかかってきて、わたしと競《きそ》いあっていたライ。

クルミくんに友《とも》だちが増《ふ》えること、どう感《かん》じるのかな……って思《おも》ったんだけど。

ライは、とてもうれしそうな、あたたかい目《め》でクルミくんを見《み》ていたんだ。

さすが。

それでこそ「親友《しんゆう》」だねっ！

そのときふと、わたしの視線《しせん》に気《き》づいたライは、わたしがなにを考《かんが》えてたのかわかったみたい。

わたしにむかって、んべっ！　と舌《した》を出《だ》してみせた。


帰《かえ》り道《みち》。

クルミくんはライと星野《ほしの》にはさまれながら歩《ある》いて、わたしたちもうしろにつづく。

楽《たの》しそうに写真《しゃしん》の話《はなし》をしてるし……なんだ、うまくやれそうじゃない。

クルミくんの笑顔《えがお》を見《み》て、こっちまで胸《むね》がほくほくしてくる。

そのときふと、となりを歩《ある》いていた千鶴《ちづる》が言《い》った。

「……そういえばほむら、ちょっと気《き》になったんだけど」

「ん？　なーに」

「さっきほむら、クルミくんに言《い》ってたよね。『もともと、こっちからクルミくんにからんでったのが、スタート』って。あれって、どういうこと？」

ん、**んんー!?**

千鶴《ちづる》の指摘《してき》に、ピタッと足《あし》が止《と》まる。

わたし、そんなこと言《い》ったっけ？

いや、たしかに言《い》ってた！　わわわわ！

クルミくんとなかよくなりたいあまり、アオハルチャレンジなんて手《て》のこんだものを考《かん》えてまでからんだんだから、そうなんだけど……ついポロッと出《で》ちゃってた！

でもわたし、千鶴《ちづる》にもクルミくんと親《した》しいこと、ヒミツにしてたんだっけ！

千鶴《ちづる》も立《た》ち止《ど》まって、わたしを見《み》る。

「あ、べつに言《い》いたくないなら、いいんだよ。ちょっと気《き》になっただけだから」

と、つけ足《た》した千鶴《ちづる》だけど……どうしよう？

1番《ばん》のなかよしの千鶴《ちづる》や香鈴《かりん》に、ずっとヒミツにしておくのはイヤだなあ。

「……黙《だま》ってたけど、ほんとはね、ちょっと前《まえ》から、クルミくんとは何度《なんど》かいっしょにアオハルチャレンジをやってたんだ。わたしがチャレンジする様子《ようす》を撮《と》ってもらったり」

「ああ～」

「そういうことだったんだ」

納得《なっとく》したようにうなずく千鶴《ちづる》と香鈴《かりん》。

ヒミツを打《う》ち明《あ》けたわたしの心臓《しんぞう》はバックバクだ。

「やっぱりね。ほむらとクルミくんってなんとなく距離《きょり》が近《ちか》そうな感《かん》じしてた」

そうだったの？

さ、さすが千鶴《ちづる》、するどいっ！

「ナイショにしててゴメン。じつは……」

「いいよ。まわりから『彼氏《かれし》』だのなんだのってゴチャゴチャ言《い》われたくなかったんでしょ。ほむら、そういうの苦手《にがて》だもんね」

「クルミくんも、クラスではしずかにすごしたいタイプだもんねー」

――っ！

2人《ふたり》とも、ありがとう！

なんだか、ずっと胸《むね》につっかえていたものが、取《と》れた気《き》がする。

「みんなにはヒミツの関係《かんけい》」って。こそばゆくてワクワクするけど。

反面《はんめん》、仲《なか》のいい人《ひと》たちにウソをつくのがつづいて、ちょっと、くるしい気持《きも》ちもあったんだ。

だから、この機会《きかい》に2人《ふたり》に打《う》ち明《あ》けられてよかった……。

「おーいお前《まえ》ら、なにやってんだよー！」

ホッとしてたら、けっこう距離《きょり》が開《あ》いちゃってた前《まえ》を歩《ある》く星野《ほしの》が、手《て》をふってくる。

「あー、いまいくー！」

星野《ほしの》たちにおいついて歩《ある》いていると、クルミくんがわたしのとなりにやってきて、小声《こごえ》で言《い》う。

「――さっきは、おどろかせてゴメンね」

「いいよ。でも、あせったよ。アオハルチャレンジやるのがイヤになったのかと思《おも》って」

「それはないよ！　……オレ、火花《ひばな》さんとアオハルチャレンジやるの、ほんと楽《たの》しいから」

クルミくんが、まっすぐ言《い》ってくれる。

うん、わかってるよ。

写真《しゃしん》を撮《と》ってるクルミくんは、とってもキラキラしてたもの……。

そのとき、わたしたちの間《あいだ》にライがすっと割《わ》りこんできた。

「お前《まえ》ら～？　なにコソコソ話《はな》してんだよ～～」

「べ、べつに！　コソコソなんてしてないよ！」

「ま、いいけどよ。それにしてもユウ、お前《まえ》が変《か》わったのは、やっぱりコイツの影響《えいきょう》か？」

「え、オレって、どこか変《か》わった？」

クルミくんは首《くび》をかしげたけど……うん、変《か》わったよ。

わたしがはじめてクルミくんに会《あ》ったときからでも、だいぶ。

「――自分《じぶん》ではよくわからないけど。もしも雷《ライ》の言《い》う通《とお》りなら、たぶんこれからも、どんどん変《か》わっていくと思《おも》う。……だよね、火花《ひばな》さん」

「うん、きっとそうなるよ！」

だって、これからもたくさん、いっしょにチャレンジしていくんだもの。

素敵《すてき》な予感《よかん》に、胸《むね》をワクワクさせながら。わたしたちは入道雲《にゅうどうぐも》の下《した》を、歩《ある》いていった。

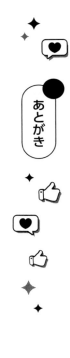

# あとがき

みなさんこんにちは、無月蒼《むつきあお》です。

『アオハル100%』2巻《かん》を手《て》に取《と》ってくださって、ありがとうございますー！

今回《こんかい》のお話《はなし》では1巻《かん》では謎《なぞ》だった、クルミくんの交友関係《こうゆうかんけい》について明《あき》らかになりました。

教室《きょうしつ》では1人《ひとり》でいることが多《おお》いクルミくんですけど、親友《しんゆう》と呼《よ》べる友《とも》だちがいたのです。

しかもインフルエンサーの男《おとこ》の子《こ》。

雷《らい》はダンス動画《どうが》を配信《はいしん》していますけど、自分《じぶん》もけっこう、ネットで動画《どうが》を観《み》ています。

おもに観《み》るのは犬《いぬ》や猫《ねこ》といった、動物《どうぶつ》の動画《どうが》なのですけどね。

元気《げんき》と癒《いや》しをくれる犬《いぬ》ちゃんや猫《ねこ》ちゃんたちを、これからも応援《おうえん》していきたいです。

さて、1巻《かん》で募集《ぼしゅう》した、**#読者《どくしゃ》の考《かんが》えたアオハルチャレンジ**ですが、ありがたいことにたくさんのお題《だい》が集《あつ》まりました。

その中《なか》から、みかんさんが送《おく》ってくださった　#男女《だんじょ》で手《て》をつなごう　を採用《さいよう》して書《か》いた短編《たんぺん》が、次《つぎ》のページからはじまります。

ほかにも、ファラリンさんの#1週間《しゅうかん》のコーデを紹介《しょうかい》、Mikaze さんの#ときめきあごクイ、ほしレモンさんの#放課後《ほうかご》に買《か》い食《ぐ》い、つきレモンさんの#食《しょく》パンくわえて遅刻《ちこく》する、など、ここに書《か》ききれないくらいのお題《だい》のアイディアをいただきました。

みなさん本当《ほんとう》に、ありがとうございます！

どのようなかたちになるかはわかりませんが、送《おく》っていただいたお題《だい》を取《と》りあげたお話《はなし》を、これからも書《か》いていこうと思《おも》っています。

アオハルチャレンジはひきつづき募集《ぼしゅう》していますので、どうかよろしくお願《ねが》いします！

無月《むつき》　蒼《あお》

〒102－8177　東京都千代田区富士見《とうきょうとちよだくふじみ》2－13－3　株式会社《かぶしきがいしゃ》KADOKAWA
角川《かどかわ》つばさ文庫編集部《ぶんこへんしゅうぶ》「無月蒼先生《むつきあおせんせい》」「水玉子先生《みずたまこせんせい》」
※先生《せんせい》ごとに別《べつ》のびんせんで送《おく》ってね。

スペシャルストーリー

# #女子《じょし》と男子《だんし》で手《て》をつなごう

夏休《なつやす》みのある日《ひ》。

クルミくんといっしょに、宿題《しゅくだい》の読書感想文《どくしょかんそうぶん》のための本《ほん》を借《か》りに、図書館《としょかん》にきた帰《かえ》り道《みち》。

外《そと》に出《で》たところで、ふとクルミくんがきいてきた。

「そういえば、火花《ひばな》さん。アオハルチャレンジのお題募集《だいぼしゅう》って、どうなったの？」

「あっ、それがね。ジャーン、見《み》てよこれ！」

わたしが差《さ》しだした画面《がめん》に映《うつ》っていたのは、たくさんのＤＭ《ダイレクトメッセージ》。

少《すこ》し前《まえ》にＳＮＳで呼《よ》びかけた、お題募集《だいぼしゅう》。

5～6個《こ》くらいくればいいなって思《おも》ってたのに、実際《じっさい》やってみたら山《やま》のように届《とど》いたの！

こんなにたくさんの人《ひと》がアオハルチャレンジに興味《きょうみ》を持《も》ってくれてるなんて、うれしい！

「これだけあれば、お題《だい》は選《えら》び放題《ほうだい》だね」

「うん！　でも、まあ中《なか》には、ちょっと使《つか》いづらいお題《だい》もあったんだけど」

「たとえば？」

「えーと、コレとかコレとかかな～」

ダイレクトメッセージをいくつか選《えら》んで開《ひら》いてみたけど、そこに書《か》かれていたのは……。

**#自転車《じてんしゃ》で2人乗《ふたりの》りをする**
**#夜中《よなか》の校舎《こうしゃ》にしのびこんで肝《きも》だめし**
**#落《お》とし穴《あな》を掘《ほ》って先生《せんせい》を落《お》とす**

……アイディアを送《おく》ってくれたことはうれしいよ。

けど、さすがにこれは採用《さいよう》できないよー！

クルミくんも苦笑《にがわら》いをうかべてる。

「あー、うん。もしかしたらこういうお題《だい》もくるかもって思《おも》ってたけど、本当《ほんとう》にきちゃったね」

「うん。クルミくんの言《い》った通《とお》り、DM《ディーエム》で募集《ぼしゅう》して、よかったかも」

お題《だい》募《ぼ》集《しゅう》を、返信《へんしん》じゃなくて、ダイレクトメッセージにしたのは、クルミくんのアイディア。

みんなが見《み》られる状態《じょうたい》で、こんな感《かん》じのお題《だい》が送《おく》られてきたら「やってみちゃおう」って思《おも》う人《ひと》もいるかもしれないじゃない。


「DM《ディーエム》」はダイレクトメッセージの略《りゃく》もち。だれかのアカウントに、その人《ひと》だけ読《よ》めるメッセージを送《おく》ることもちよ。ただ、おたがいを「フォロー」してないとメッセージが表示《ひょうじ》されない設定《せってい》にしている人《ひと》も多《おお》いから、読《よ》んでもらえるとはかぎらないもち。

もちウサギの
SNSまめちしき

もしそうなったら大問題《だいもんだい》。

アオハルチャレンジがきっかけでわるいことをする人《ひと》が出《で》ちゃったら、炎上《えんじょう》まちがいなし！

みんなが楽《たの》しむアオハルチャレンジなのに、一部《いちぶ》の人《ひと》の迷惑行為《めいわくこうい》で叩《たた》かれたら、目《め》も当《あ》てられないものね。

「もちろん、おもしろそうなお題《だい》もたくさんきてるよ。#記憶《きおく》だけをたよりにお絵《え》かきをするとか、#だれかと協力《きょうりょく》してジャンボパフェを完食《かんしょく》する　とか」

みんな楽《たの》しそうだし、どれにしようかなー？

なんて思《おも》っていたら、スマホがピコンと反応《はんのう》する。

「あ、また新《あたら》しいDM《ディーエム》がきた。今度《こんど》はヤンチャな内容《ないよう》じゃなければいいけど……」

ドキドキしながら、届《とど》いたばかりのダイレクトメッセージを開《ひら》く。

お題《だい》を送《おく》ってくれたのは、みかんさんって人《ひと》。

そこに書《か》かれていたのは……。
#男女《だんじょ》で手《て》をつなぐ
ん…………んんんっ!?　こ、これは……っ。

微妙《びみょう》に、ハードルが高《たか》そうなチャレンジ。

さらにメッセージには、こんなつづきが書《か》かれていた。

[青春仕掛人《せいしゅんしかけにん》さん。アオハルチャレンジ、いつも楽《たの》しくやらせてもらっています。じつはわたしには好《す》きな男子《だんし》がいて、いっしょにアオハルチャレンジをやっているのですが、彼《かれ》ともっとなかよくなりたいです。チャレンジを口実《こうじつ》に手《て》をつなぐことができたら、そこから急接近《きゅうせっきん》って、できるかもしれません。採用《さいよう》してもらえたらうれしいです]

メールを見《み》て、ブハッて吹《ふ》きだしそうになった。

好《す》きな男子《だんし》となかよくなりたいから、#男女《だんじょ》で手《て》をつなぐってお題《だい》を採用《さいよう》してほしいなんて。

正直《しょうじき》か！

あー、でもこれって案外《あんがい》いいかも。

好《す》きな人《ひと》がいるけど、なかなか行動《こうどう》を起《お》こせないって人《ひと》は少《すく》なくないはず。

アオハルチャレンジが、人《ひと》と距離《きょり》をちぢめるチャンスになるって、いいよね！

「クルミくん、どう思《おも》う？　チャレンジがきっかけでカップル誕生《たんじょう》したら、素敵《すてき》じゃない⁉」

恋愛《れんあい》って、かならずしも男女《だんじょ》におこるものじゃないけど。

「手《て》をつなぐ」ことについては、同性《どうせい》よりも異性《いせい》のほうがハードルが高《たか》そうだし。

「たしかに。……ただこれ、チャレンジできる人《ひと》が限《かぎ》られるかも……」

うーん、そうかも。

「手《て》をつなごう！」って言《い》うのって、その人《ひと》との仲《なか》によるかな。

たとえば、このお題《だい》をやるとして……

えっ、わたし、だれに「手《て》をつなごう」って言《い》う、の？

そこまで考《かん》えて、わたしは、ちらっとクルミくんの手《て》を見《み》る。


……………‼


「ま、待《ま》って！ やっぱり無《な》しっ」

「そう？ それじゃあこのお題《だい》は、採用《さいよう》しないでおく？」

「あああー、でもこの子《こ》が好《す》きな男子《だんし》となかよくなるきっかけだし……どうしよう〜〜〜」

わたしがあたまを抱《かか》えていると、クルミくんが言《い》った。

「このお題《だい》を採用《さいよう》するなら、その前《まえ》に一度《いちど》、試《ため》してみたほうがいい……かな？」


**な、なんですと――⁉**


すると、クルミくんは、考《かん》えこむような顔《かお》で言《い》ったんだ。

「最初《さいしょ》オレは、つないでる手《て》だけの写真《しゃしん》を想像《そうぞう》したんだけど、手《て》だけじゃ異性《いせい》かどうか、分《わ》からないかもしれないよね。なら、引《ひ》きで撮《と》ったほうがいいのかもとか、いろいろ気《き》になって」

ん？

「えっと……クルミくんは構図《こうず》を気《き》にしてるの？」

「火花《ひばな》さんは、それ以外《いがい》のところが気《き》になるの？」

「えっ！　いや、そういうわけでは――――」

な、なんだ〜。

首《くび》をかしげるクルミくんを見《み》て、脱力《だつりょく》する。

クルミくんと手《て》をつなぐ？　って緊張《きんちょう》した自分《じぶん》がはずかしい。

「わ、わかった。じゃあ、試《ため》しにやってみよう」

アオハルチャレンジの、ためだもんね！

意《い》を決《けっ》して、スッと右手《みぎて》を差《さ》しだす……。

「あ。火花《ひばな》さんがためすってなると相手《あいて》はオレか」

って、クルミくん、気《き》づいてなかったの――!?

思《おも》わずズッコケそうになる。

クルミくんも、とつぜん意識《いしき》したのかぎこちない。

「どうする？　やっぱりやめておく？」

「でも、やってみたほうがいいのはたしかだし……」

「じゃあ、やる？」

再《ふたた》び右手《みぎて》をだすけど、やっぱり緊張《きんちょう》。

今日《きょう》は曇《くも》ってるのに、いつもよりさらに暑《あつ》い気《き》がして、変《へん》な汗《あせ》がでてきそう。

クルミくんが、ためらいながら手《て》を伸《の》ばして、わたしたちの手《て》が触《ふ》れそうになったそのとき……

**「……おにいちゃん、おねえちゃん！」**

「「え!?」」

わたしたちの間《あいだ》に、小《ちい》さな男《おとこ》の子《こ》――リュウくんが、わりこんできたの！

え、なんでここに？

はっ！　リュウくんがいるということは……。

「……2人《ふたり》とも、なにしてるの？」

いつの間《ま》にか、そばにきていた香鈴《かりん》。

うわあ、いまのわたしたち、見《み》られてた!?

「か、香鈴《かりん》。こ、こ、こんなところで、どうしたのっ!?」

「読書感想文《どくしょかんそうぶん》のための本《ほん》さがし。あと、リュウのために絵本《えほん》も借《か》りようと思《おも》って。2人《ふたり》は？」

「え、ええ〜〜〜ええと、これはそう！　手相《てそう》を見《み》てたんだよ！　ねっ、クルミくん！」

「え？　う、うんっ」

わたしとクルミくんは、そろって背中《せなか》を伸《の》ばし、コクコクとくびを振《ふ》る。

香鈴《かりん》は、その説明《せつめい》に納得《なっとく》したのかしてないのかわからない顔《かお》で、私《わたし》たちを見《み》た。

その香鈴《かりん》にリュウくんがたずねる。

「ねえねえ。てそうって、なーに？」

「そういう占《うらな》いがあるの。手《て》のひらを見《み》たら、その人《ひと》の運勢《うんせい》がわかるのよ」

「すご〜い。おねえちゃん、ぼくのもみて〜」

ニコニコしながらわたしに手《て》を伸《の》ばしてくるリュウくん。

でも、どうしよう。

手相占《てそううらな》いなんて、本当《ほんとう》はやったことないのにー！

あせっていると、クルミくんがそっと耳打《みみう》ちしてくる。

「火花《ひばな》さん、手相占《てそううらな》いのやり方《かた》は、スマホで調《しら》べれば……」

あ、そうか！

さっそくスマホを取《と》り出《だ》して、**【手相占《てそううらな》い　やり方《かた》】**で検索《けんさく》する。

「ほむら、占《うらな》いのしかた、知《し》ってるんじゃないの？」

「じつは覚《おぼ》えきれてなくて。調《しら》べながらやってるんだよ」

覚《おぼ》えきれてないっていうか、本当《ほんとう》はぜんぜん知《し》らないんだけどね。

えーと、手相占《てそううらな》いのやり方《かた》は……ふむふむ。

よかった、案外《あんがい》かんたんそう。

「じゃあリュウくん、おててを見《み》せてくれる？」

「はーい」

「お、リュウくんの手《て》、柔《やわ》らかくてスベスベだねえ。えーと、生命線《せいめいせん》がハッキリしてるから、ケガや病気《びょうき》にはなりにくいよ。運勢線《うんせいせん》は長《なが》いから……とにかくメッチャいい感《かん》じになるよ」

われながら雑《ざつ》な占《うらな》いだけど、リュウくんは**「わ〜い」**ってよろこんでるし、まあいいか。

**カシャ、カシャ！**

ん？　この音《おと》は……。

見《み》ると香鈴《かりん》とクルミくんが、わたしたちにスマホとカメラをむけている。

「気《き》にせずつづけて。手相《てそう》を見《み》てもらうリュウなんて、レアだから、つい」

「オレはその……これ、さっき話《はな》してたシチュエーションになるなって思《おも》って」

香鈴《かりん》はともかく、クルミくんが言《い》ったことがよくわからない。

さっき話《はな》してたシチュエーションって――あ、そうか。

異性《いせい》と手《て》をつなぐっていう、アオハルチャレンジ！

リュウくんも男《おとこ》の子《こ》だし、手相《てそう》を見《み》るために手《て》をつないでるから、条件《じょうけん》はクリアできてる！

……そうか、こういうやり方《かた》もあるんだ。

手相占《てそううらな》いとか、腕相撲《うでずもう》をするとか、意外《いがい》なシチュエーションがあったら、おもしろいかも。

そんなことを考《かんが》えていると、リュウくんが、満足《まんぞく》そうにニコニコ笑《わら》う。

「おねえちゃん、うらない、ありがとう！」

「……ふふ、こっちこそありがとうだよ。おかげで、いいアイディアがうかんだから」

手相《てそう》を見《み》ることになったのは、予想外《よそうがい》のハプニングだったけど。

結果《けっか》リュウくんがこんなによろこんでくれたんだし。

チャレンジのかたちは、1つじゃなくてもいいよね。

手《て》から伝《つた》わる温《あたた》かな熱《ねつ》を感《かん》じながら、わたしはそう思《おも》った。

おしまい

## 無月 蒼／作

熊本出身の福岡在住。趣味は犬や猫など動物の動画を見ることと、読書。ヒヤッとするオカルト話も、キュンとする恋の話も好き。小説投稿サイト「カクヨム」で執筆をはじめ、『アオハル100％ 行動しないと青春じゃないぜ』で第12回角川つばさ文庫小説賞一般部門金賞を受賞（投稿時タイトル「アオハルチャレンジ！」を加筆修正しました）。

## 水玉子／絵

５月23日生まれのイラストレーター。愛知県出身。イラストを担当した書籍に『かのこちゃんとマドレーヌ夫人』（角川つばさ文庫・たまこ名義）、「ララ姫はときどき☆こねこ」シリーズ（Gakken）、「テイマー姉妹のもふもふ配信」シリーズ（オーバーラップノベルス）などがある。

角川《かどかわ》つばさ文庫《ぶんこ》

**アオハル100％《パーセント》**

**バチバチ！はじける最強《さいきょう》ライバル!?**

**作《さく》　無月《むつき》 蒼《あお》**
**絵《え》　水玉子《みずたまこ》**

2025年１月８日　初版発行

発行者　山下直久
発　行　株式会社KADOKAWA
　　　　〒102-8177　東京都千代田区富士見 2-13-3
　　　　電話　0570-002-301（ナビダイヤル）
印　刷　大日本印刷株式会社
製　本　大日本印刷株式会社
装　丁　ムシカゴグラフィクス


ISBN978-4-04-632340-8　C8293　N.D.C.913　191p　18cm



●お問い合わせ
https://www.kadokawa.co.jp/（「お問い合わせ」へお進みください）
※内容によっては、お答えできない場合があります。
※サポートは日本国内のみとさせていただきます。
※Japanese text only

**読者のみなさまからのお便りをお待ちしています。下のあて先まで送ってね。**
**いただいたお便りは、編集部から著者へおわたしいたします。**

**〒102-8177　東京都千代田区富士見 2-13-3　角川つばさ文庫編集部**